Dagmar Chidolue wurde 1944 in Sensburg/Ostpreußen geboren und lebt heute in Frankfurt am Main. Sie zählt zu den namhaftesten Kinder- und Jugendbuchautorinnen und wurde bereits mehrfach, u. a. mit dem Deutschen Jugendliteraturpreis, ausgezeichnet.

In der Fischer Schatzinsel sind von Dagmar Chidolue auch »Millie in Paris« (Bd. 80295), »Millie in Italien« (Bd. 80296), »Millie auf Mallorca« (Bd. 80297), »Millie feiert Weihnachten« (Bd. 80335), »Millie in London« (Bd. 80366), »Millie geht zur Schule« (Bd. 80367), »Millie auf Kreta« (Bd. 80537) und »Millie in New York« (Bd. 80647) erschienen.

Gitte Spee wurde 1950 in Surabaya/Indonesien geboren und lebt seit ihrem zwölften Lebensjahr in den Niederlanden. Sie studierte an der Gerrit Rietveld Akademie in Amsterdam und illustriert seit 1983 nicht nur holländische, sondern auch deutsche, englische und französische Kinderbücher, für die sie schon zahlreiche Preise erhalten hat.
In der Fischer Schatzinsel hat Gitte Spee auch die anderen Abenteuer von Millie illustriert.

Dagmar Chidolue

Millie und die Jungs

Mit Bildern von Gitte Spee

Fischer Taschenbuch Verlag

Fischer Schatzinsel
www.fischerschatzinsel.de

Veröffentlicht im Fischer Taschenbuch Verlag,
einem Unternehmen der S. Fischer Verlag GmbH,
Frankfurt am Main, Mai 2007

Lizenzausgabe mit freundlicher Genehmigung
des Cecilie Dressler Verlags, Hamburg

Satz: Pinkuin Satz und Datentechnik, Berlin
Druck und Bindung: Clausen & Bosse, Leck
Printed in Germany
ISBN 978-3-596-80648-5

Nach den Regeln der neuen Rechtschreibung

Inhalt

Lustige Geschichten

Heute Abend wollen Mama und Papa ausgehen. Sie haben Karten für die Oper. Das passt Millie ganz und gar nicht. Sie ist zwar schon sieben Jahre alt und keine kleine Maus mehr. Und Frau Morgenroth wird kommen und auf sie und die kleine Schwester Trudel aufpassen. Trotzdem macht es Millie immer wütend, wenn die Eltern es sich ohne sie gut gehen lassen wollen. Am liebsten würde sie was richtig Tolles anstellen, damit die Eltern abgelenkt werden und nicht rechtzeitig loskommen.
Die Oper fängt um acht Uhr an. Jetzt ist es erst sechs. Viel zu früh, um zu baden und sich für die Nacht fertig machen zu müssen. Aber Mama lässt schon Wasser in die Wanne laufen, und Trudel steht bereits splitterfasernackt auf der flauschigen Badematte.
Eigentlich steigt Millie auch gern mit in die

Badewanne. Man kann im warmen Wasser gut die Zeit vertrödeln und sich schöne Spiele ausdenken.

Meistens läuft es immer gleich ab. Zuerst lassen sie die Quakente rückenschwimmen. Die geht ab wie die Post, saust direkt auf Trudels Bauch zu, kriegt im letzten Moment noch die Kurve um die Schwester herum und rast dann rückwärts auf Millie zu.
Bevor sie aber in Millies Bauchnabel fährt, gibt die Ente auf. Millie muss sie noch einmal aufziehen. Den Spaß mit der Ente machen Millie und die Schwester ungefähr dreimal, danach fängt das Spiel mit der Seifendose an. Die orangefarbene Plastikdose wird zum Segelboot. Das heißt, Millie macht zwei Boote draus, und das größere Schiffchen, der Seifendosendeckel, gehört natürlich ihr. Millie faltet aus Klopapier die Segel. Aber Trudel, die mit dem kleineren Boot, dem Unterteil der Plastikdose, spielen darf, macht ihr Segel schnell nass. Dann geht das Boot unter, und Millie hat gewonnen.

Sie kann mit ihren langen Beinen unter Wasser nach Trudels Boot angeln.
Meistens pikst sie ihren großen Zeh in Trudels Po. Trudel quietscht dann wie Hölle und zappelt so doll, dass das Wasser über den Rand platscht und Mama später viel zu tun hat.
Heute möchte Millie aber nicht mit Trudel zusammen in die Wanne. Sie will später alleine baden.
»Warum denn das?«, stöhnt Mama. Sie ist schon ganz nervös, weil ihr die Zeit wegrennt.
»Trudel macht immer Pups ins Wasser«, sagt Millie.
»Ach geh«, meint Mama. »Wie kommst du denn darauf?«
»Das kann ich sehen«, sagt Millie. »Trudel will die Blasen fangen. Sie denkt, es sind durchsichtige Smarties.«
»Millie! Das hast du dir doch ausgedacht.«
»Nein, das ist die Wahrheit. Ich geh nicht mehr mit Trudel in eine Wanne. Nicht, bevor sie nicht mit Pupsen aufhört.«
Mama seufzt. »Also gut, dann gehst du jetzt eben unter die Dusche.«

O Manno, nichts geht heute nach Plan. Allein in der Wanne zu plantschen macht Trudel auch keinen Spaß. Ruck, zuck ist sie fertig. Und auch Millie lässt die Brause nur mal kurz über sich rüberplätschern.
»Abtrocknen könnt ihr euch alleine?«, fragt Mama und guckt auf die Uhr. Sie muss sich ja noch fein machen.
Und wie toll Mama schließlich aussieht! Millie hätte zwar gedacht, dass sie ihr wunderschönes Schmetterlingsflügelflatterkleid anziehen würde. Aber nee. Mama trägt ihren neuen schwarzen Samtanzug. Mit Tigerbluse drunter.
Tigerbluse? Vielleicht ist es auch eine Zebrabluse. Jedenfalls sieht Mama besser aus als Papa in seinem dunklen Anzug. Papa sieht langweilig aus. Aber Papa ist ja auch nur ein Junge. Und Jungs sind nicht besonders aufregend.
Jedenfalls fällt Millie im Moment niemand ein.
Frau Morgenroth ist inzwischen auch schon da. Zum Glück hat sie ihren Hund King mitgebracht. Begrüßung! King kann nicht

aufhören, an Millie hochzuspringen, um ihr ein nasses Küsschen zu geben.
»Pfui, King, pfui«, lacht Millie und wendet ihren Kopf. Sie ist doch schon blitzsauber geduscht. Kein Kuss für Millie! Sie wischt sogar Mamas und Papas Gute-Nacht-Küsschen mit dem Handrücken fort. Das aber nur, weil sie immer noch ein bisschen sauer auf die beiden ist. Wegen der Oper!
»Nun komm schon, Millie«, fordert Mama sie auf. Millie soll lieb sein. »Sei ein braves Kind und nett zu deiner Schwester.«
»Und zu Frau Morgenroth«, fügt Papa hinzu. »Dass mir später keine Klagen kommen.«
»Jaaa«, mault Millie. »Aber nur, wenn ihr mir hinterher die Geschichte erzählt. Die von der Oper.«
»Du wirst schon schlafen, wenn wir zurückkommen«, sagt Papa.
»Nee, Papa.« Millie schüttelt energisch den Kopf.
»Aber hundertprozentig, mein Kind. Hundertpro.«
Hundertpro? Denkste, Papa, denkste.
Und was werden sie nun anstellen, nachdem

die Eltern gegangen sind? Pfannkuchen backen? Krimi sehen? Cola trinken?
»Um Gottes willen!«, sagt Frau Morgenroth und macht es sich in einem Sessel bequem. »Ich werde euch was Schönes vorlesen.« Sie hat sich ein Glas Wein eingeschenkt und greift nach dem Buch, das sie bereits zurechtgelegt hat. Millie holt sich zum Knuddeln noch schnell die Plüschschlange aus ihrem Zimmer. Es ist ein schönes, knallgrünes Vieh mit lang heraushängender roter Zunge.

Hey, Frau Morgenroth, die Schlange ist gefährlich. Sie kann plötzlich hochschießen und beißen, hastdunichtgesehen, jetzt schlägt sie dir sogar fast das Weinglas aus der Hand.

»Millie!« Frau Morgenroth guckt erschrocken auf das Glas in ihrer Hand.
Ist doch nichts passiert! Nur die Bluse hat ein paar Kleckertropfen abbekommen.
Frau Morgenroth schüttelt den Kopf, nimmt einen ordentlichen Schluck und setzt das Glas ab. So richtig aufgeregt hat sie sich aber nicht. Hauptsache!
Was für ein Buch hat sie denn ausgesucht?
»Lustige Geschichten«, sagt Frau Morgenroth. »Hört brav zu.«
»Um Gottes willen!«, wiederholt Millie im Tonfall von Frau Morgenroth, als sie das Buch erkennt. »Das darfst du nicht vorlesen, Frau Morgenroth, das ist ein ganz schlimmes Buch. Trudel wird heulen, wenn du das vorliest. Das weiß ich jetzt schon.«
»Aber Kind«, sagt Frau Morgenroth. »Das sind doch lustige Geschichten.«
»Das sagst du«, sagt Millie mit so einer Betonung, dass Frau Morgenroth einen unsicheren Blick auf den Umschlag wirft.
»Aber schau doch mal, da ist doch nur ein fröhlicher Hund drauf zu sehen«, sagt sie.
»Aber innendrin!«, sagt Millie. »Innendrin

stehen ganz fürchterliche Geschichten. Ich hab mich schon mal halb totgeheult.«

»Ach geh, Millie«, sagt Frau Morgenroth und nimmt Trudel, die die ganze Zeit in ihrem Bademäntelchen erwartungsvoll vor ihr gestanden hat, auf den Schoß. Sie schlägt die erste Geschichte auf.

Millie setzt sich auf den Boden. »Dass du dich nicht erkältest«, sagt Frau Morgenroth. »Nur im Schlafanzug da unten auf dem kalten Boden.«

»Nee«, sagt Millie und schüttelt sich leicht. »Es ist doch Sommer.«

»Es ist noch nicht mal Pfingsten«, sagt Frau Morgenroth und wirft einen prüfenden Blick zum Fenster hinaus.

»Millie, du gehst mir ganz schön auf den Senkel.«

»Auf den … was?«

»Auf den Senkel. Du nervst.«

Ach so, das hat Millie schon oft gehört. Da schaltet sie ihre Ohren auf Durchzug.

»Aber wenn du meinst …«

Ja, Millie meint das. Und außerdem hat sie King neben sich. Zur Not kann sie sich ja mit

King zudecken. Er hat zwar kein Bärenfell, aber für die Füße wird es schon reichen.
Frau Morgenroth beginnt mit ihrer Geschichte.
Millie ist gespannt. Sie weiß, was passieren wird. Und Trudel liest alles von ihrem Gesicht ab. Warte nur, Frau Morgenroth.
»Das Küken und das junge Entlein«, beginnt Frau Morgenroth.
Zuerst ist noch alles in Ordnung.
Ich geh spazieren, sagte das Entenkind. Ich auch, piepte das Küken. Ich buddel ein bisschen, sagte das Entenkind. Ich auch, piepte das Küken.
So weit, so gut.
Aber dann.
Ich will nun baden, sagte das Entlein.
Ich auch, erklärte das Küken. Ich kann schwimmen, sagte das Entlein. Ich auch, schrie das Küken.
Und was dann? Millie weiß Bescheid. Das Küken kann nämlich gar nicht schwimmen.
Millie verzieht schon mal ihr Gesicht.
Mundwinkel nach unten.
Trudel schaut Millie an und verzieht auch ihre Schnute.

Frau Morgenroth liest mit ihrer tiefen, leicht krächzenden Stimme weiter: Wie das Küken wie ein Stein untergeht. Wie das Küken nach Luft schnappt. Wie das Küken die Augen aufreißt. Wie das Küken schon ganz grün im Gesicht ist.

Millie reißt – wie das Küken – ihre Augen ebenfalls weit auf. Dann holt sie mit offenem Mund tief Luft. Und das reicht auch schon. Trudel brüllt nämlich los. Sie schaut mit Entsetzen auf das Küken, das nun mit geschlossenen Augen auf dem Meeresgrund hockt.

»Aber Kinder, Kinder«, sagt Frau Morgenroth ziemlich hilflos. Sie drückt Trudel an ihre dicke Brust und wiegt sie hin und her.

Doch Millie muss nicht weinen. Als sie so alt war wie Trudel, ja, da hat sie Rotz und Wasser geheult. Jetzt ist sie schon ziemlich groß. Jaha. Aber sie weiß noch ganz genau, wie es ist, erst zwei Jahre alt zu sein. Da kann man nicht alles einfach so ertragen.

Frau Morgenroth gibt jedoch nicht auf. Sie denkt, die schreckliche Geschichte hat sich in das Buch mit den lustigen Geschichten nur reingemogelt. Aber so ist das nicht! Frau Morgenroth hätte auf Millie hören sollen. Stattdessen fährt sie, als Trudel sich gerade wieder beruhigt hat, mit der nächsten Geschichte fort.

»Unter dem Pilz«, liest Frau Morgenroth vor.

Eines Tages wurde eine Ameise von einem Regenguss überrascht. Wo sollte sie unterschlüpfen? Da entdeckte die Ameise auf der Wiese einen kleinen Pilz, sie rannte schnell hin und versteckte sich unter seinem Hütchen.

Als Frau Morgenroth so weit gekommen ist, guckt sie kurz auf Millie. Die liegt auf dem Boden, den Kopf in die Hände gestützt.

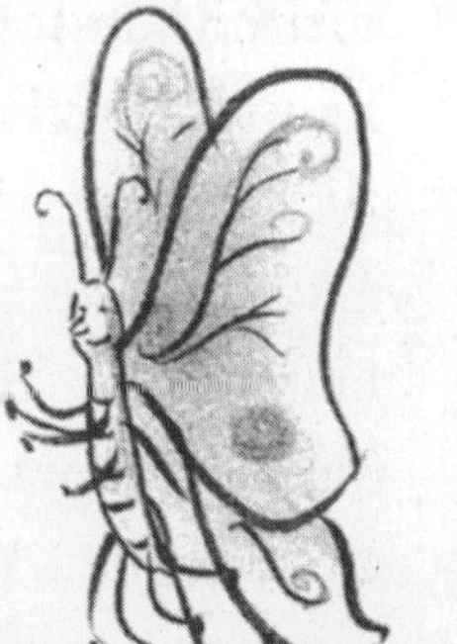

Abwarten, Frau Morgenroth, abwarten. Erst kommt noch der Schmetterling, dann das Mäuschen und dann der Spatz. Aber zum Schluss hoppelt der Hase herbei, Frau Morgenroth. Und hinter dem Hasen rennt der Fuchs. Hechelnd kommt er näher und näher und näher.

Millie verzieht ihr Gesicht, schmerzverzerrt.

Und da brüllt Trudel wie auf Kommando los, so sehr, dass Frau Morgenroth das Buch zuklappt und mit der kleinen Schwester auf dem Arm im Zimmer hin- und hergehen muss.
»Hsch, hsch«, sagt Frau Morgenroth und klopft Trudel immer wieder sachte auf den Rücken.
Ja, was hat Millie gesagt? Frau Morgenroth hätte auf sie hören sollen. Nun muss Frau Morgenroth Trudel trösten und beruhigen, bevor sie sie ins Bett legen kann. Sie stopft ihr den blauen Schnuller ins Mäulchen und trägt die Schwester in ihr Zimmer.
King hat sich inzwischen auch zu einem Kreis zusammengerollt und pennt. Millie aber noch nicht! Ihr ist nämlich etwas eingefallen.
Früher, als Millie noch sehr klein war und ihr auch vorgelesen wurde, hat Mama einmal ein ganz schreckliches Märchen verbessert.
Sie hatte einen dicken Bleistift genommen und die schlimmen Stellen übermalt.
Und danach hat sie die Geschichte neu geschrieben. Millie erinnert sich genau.
Sie weiß auch noch, wie das Buch mit dem

schrecklichen Märchen ausgesehen hat. Klein und dünn und grün.

Es ärgert Millie, dass Mama nicht die richtige Geschichte vorgelesen hat. Wahrscheinlich hat sie gedacht, dass Millie es nicht aushalten würde. Hätte sie aber doch!

Mama hat sie angelogen und was Erfundenes gelesen. Das ist Mist gewesen, Mama!

Während Frau Morgenroth bei Trudel Wache hält und wartet, bis die Schwester eingeschlafen ist, geht Millie auf die Suche nach dem kleinen, dünnen, grünen Märchenbuch mit den übermalten Stellen.

Es ist nicht zu finden. Hat Mama das Buch irgendwo versteckt? Sodass Millie es nie mehr wiederfindet? Ist es ein verbotenes Buch? Vor Aufregung bekommt Millie fast Bauchschmerzen. Sie ist so neugierig geworden, dass sie es kaum noch aushält.

Sie muss rauskriegen, was so schlimm an der Geschichte war, dass Mama dachte, Millie würde sich vor Angst in die Hosen machen. Mord und Totschlag?

Millie überlegt noch, da klingelt das Telefon. Oh, das Gebimmel darf Trudel auf keinen

Fall aufwecken. Millie rennt zum Schreibtisch und nimmt schleunigst den Hörer ab.
»Hallo?«
»Millie?«, fragt eine Stimme. »Hier ist Wölfchen.«
»Wölfchen?« Millie ist ganz erstaunt. »Wölfchen aus Kreta?«
»Nein, aus Mönchengladbach«, sagt Wölfchen.
Ist schon klar, doch Millie kennt ihn vom Kreta-Urlaub und nicht von Mönchengladbach her. Aber Wölfchen ist manchmal ein dummes Schaf.
»Hallo, Wölfchen«, sagt Millie. Was könnte sie noch sagen? Wölfchen weiß wohl auch nicht, wie es weitergehen soll. Er schweigt ins Telefon.
»Was willst du denn?«, fragt Millie schließlich.
»Wir wollen kommen.«
»Ja, gut«, sagt Millie. Dann wartet sie wieder ab.
Wölfchen wartet auch ab. Manno!
»Und wann kommt ihr?«, fragt Millie und wackelt nervös mit einem Bein.
»Ich glaube, zu Pfingsten«, sagt Wölfchen.

»Nächstes Wochenende. Und meine Mama möchte auch noch mit deiner Mama sprechen.«
»Meine Mama ist nicht da.«
»Oh«, sagt Wölfchen und kriegt kein Wort mehr heraus.
»Mein Papa ist auch nicht da«, fügt Millie hinzu.
»Oh«, sagt Wölfchen wieder.
»Sollen sie nachher anrufen?«, fragt Millie. Mensch, Wölfchen muss man aber auch alles aus der Nase ziehen.
»Ja«, sagt Wölfchen. »Ich geb dir mal meine Mama.«
Hach, muss das sein? Millie kann Wölfchens Mama nicht leiden. Sie meckert immer an ihm herum. Auch wenn er ein dummes Schaf ist, darf man ihm das nicht ständig sagen. Kinder halten das nicht aus. Und eine Mama muss so was wissen.
»Hallo?«, ruft die Mama. »Millie? Bist du das?«
Ja, wer denn sonst?
»Wir wollen euch am nächsten Wochenende besuchen«, sagt die Mama. »Zu Pfingsten.

Wir sind dann auf der Durchreise. Kannst du das deinen Eltern ausrichten? Kannst du das behalten?«

Ja. Millie ist doch nicht blöd.

»Hmhm«, murmelt sie in den Hörer. Und da die Mama auch nichts mehr zu sagen hat, fragt Millie: »Kann ich noch mal Wölfchen haben?«

»Hallo?«, ruft Wölfchen wieder ins Telefon.

»Hallo«, sagt Millie. »Ich wollte dir nur tschüs sagen.«

»Tschüs«, sagt Wölfchen. »Und kannst du mir nicht ein Bild von dir geben?«

»Jetzt?« Ist Wölfchen bekloppt? Wie soll das denn gehen?

»Nee, wenn wir bei euch sind.«

»Und wozu?«

»Damit ich nicht vergesse, wie du aussiehst«, sagt Wölfchen.

»Ja, gut«, sagt Millie. »Und ich wollte dich auch noch was fragen.« Ihr ist das mit Mamas schlimmer Geschichte eingefallen.

»Was denn?«

»Kennst du vielleicht ein ganz schreckliches Märchen oder so?«

»Weiß nicht«, sagt Wölfchen.
»Überleg doch mal!« Millie wird schon wieder nervös. »Hat dir deine Mama mal was ganz Gruseliges vorgelesen?«
»Nee«, sagt Wölfchen.
»Was?«, brüllt Millie ins Telefon. »Deine Mama hat dir nie was vorgelesen?«
»Nee«, sagt Wölfchen. »Manchmal mein Papa. Aber nur lustige Geschichten.«
»Die kenn ich. Aber die meine ich nicht. Ich meine was viel Schlimmeres.«
»Ich muss überlegen«, sagt Wölfchen. »Vielleicht fällt mir was ein.«
»Du kriegst auch das Bild von mir«, sagt Millie. »Versprochen.«
»Ja, gut.« Jetzt klingt Wölfchen richtig fröhlich. »Ich sehe dich nämlich so gerne an.«
Oha.
»Tschüs«, sagt Millie schnell. Wölfchen spinnt wohl. Der tut ja so, als wäre er in sie verliebt. Dabei geht er noch nicht mal in die Schule. Er ist nicht nur ein dummes Schaf, sondern auch ein kleines. O Mannomann.
»Tschüs«, ruft Wölfchen, und Millie legt rasch auf.

Eigentlich findet sie das mit dem Bild eine gute Idee. Sie wird Mama und Papa auch bitten, ihr ein Bild von ihnen und Trudel auf den Nachttisch zu stellen, weil dann immer alle bei ihr sind. Und wenn sie nachts mal Angst bekommt, weil es so dunkel ist, dann könnte sie gleich Licht machen und das Bild sehen und hätte keine Angst mehr.

Jetzt geht Millie mal lieber ins Bett. Frau Morgenroth hat es sich inzwischen auch wieder in ihrem Sessel bequem gemacht. Atmet sie noch, oder schnarcht sie schon?

Millie weckt King. Sie lockt ihn vor ihr Bett. Er darf auf dem Läufer schlafen. Sie erzählt ihm auch eine Geschichte, bei der er vor Angst bestimmt nicht mehr schlafen kann.

»Hör mal, King, weißt du, dass ich dich fressen könnte? Weißt du das? Ich fresse manchmal Schweinchen, kleine, süße, rosa Schweinchen. Ist das nicht schrecklich, King? Ich mache sie nicht selber tot, King, aber ich esse sie, und sie schmecken mir richtig gut. Ist das nicht schrecklich, King?«

Aber King ist längst schon wieder eingeschlafen.

Der Uhu

Millie ist doch nicht wach geblieben, bis Mama und Papa von der Oper zurückgekommen sind. Sie hat nicht mal gemerkt, wie Frau Morgenroth und King sich auf den Weg nach Hause gemacht haben.
Erst am nächsten Morgen, während sie sich ein Stück Brot mit Teewurst einverleibt und ein paar Schlückchen warme Erdbeermilch schlürft, kann sie Mama fragen, wie es denn gestern Abend gewesen ist.
»Was? Die singen in der Oper die ganze Zeit?«
Wie hört sich das denn an? Stundenlang nur Lalalalala?

»Und wenn sie Bauchschmerzen haben?«
»Dann müssen sie auch singen«, erklärt Mama.
»Singen sie dann immer: Ich habe Bauchschmerzen, ich habe Bauchschmerzen?«, will Millie wissen.
»Meistens geht es in der Oper nicht um Bauchschmerzen, sondern um Liebe«, sagt Mama.
»Wie singt man denn über Liebe oder sonst so Sachen?« Mama ist eine gute Opernsängerin.
»So«, sagt sie und trällert: »Jetzt muss Mi-hi-hi-lie-hie in die Schu-schu-schu-hule.«
Ach, so geht das.
»Erzähl mir noch schnell die Operngeschichte, Mami. Nur in kurz. Und wenn ich zurückkomme, erzählst du sie mir noch mal in lang. Bitte, Mami, bitte.«
Millie packt ihr Pausenbrot und das Kindertrinken in ihren Schulranzen, und Mama schildert ihr auf die Schnelle die Liebesgeschichte aus der Oper. Na, die ist wirklich kurz. Und sehr kompliziert!
Da hat Millie aber gleich was zu erzählen,

als sie auf dem Weg zur Schule ihre beste Freundin Kucki trifft.
»Also, es ist so«, beginnt Millie. »Die eine Tussi ist Sängerin, und deswegen muss sie den ganzen Abend lang singen.«
Kucki macht ein entsetztes Gesicht.
»Jaha«, sagt Millie. »Und ihr Freund muss auch den ganzen Abend lang singen, obwohl er eigentlich Maler ist. Er malt nur schöne Frauen. Und dann hat er aber diese andere

Frau gemalt. Die muss auch den ganzen Abend lang singen. Wie heißt die noch? Die ist ganz berühmt.«

»Madonna?«

»Ja! Mensch, Kucki, du bist gut.«

»Ich guck viel Fernsehen«, sagt Kucki.

Millie seufzt tief. »Ich darf nicht so viel fernsehen.«

»Das ist doof«, sagt Kucki.

»Finde ich auch«, meint Millie und muss eine kleine Quasselpause einlegen. Sie geht nämlich mit Kucki immer im Gleichschritt. Jetzt ist sie außer Tritt geraten und muss einen extra Schritt machen, damit es wieder stimmt. Hops.

»Also ... « Jetzt kann Millie mit ihrer Geschichte fortfahren. »Die Madonna ist so schön, dass die Tussi denkt, der Maler ist in sie verliebt. Er hat sie geküsst oder so.«

»Dann ist sie eifersüchtig«, meint Kucki.

»Oder neidisch.«

»Neidisch ist was anderes«, sagt Kucki.

»Aber nicht was ganz anderes.« Millie muss Kucki noch mal widersprechen. »Neidisch ist nur ein bisschen was anderes als eifersüchtig.«

»Na gut«, gibt Kucki nach. »Mach weiter. Wie heißt die Tussi eigentlich?«
»Ich glaub nur Tussi. Und der Maler hat einen Wurstnamen.«
»Salami?«
»Nee! Was gibt's denn noch?«
»Makkaroni?«
»Mensch, Kucki, bist du blöd?«
»Mortadella, mein ich doch.«
»So ähnlich. Cabanossi, glaub ich. Gibt's das?«
»Gibt's bestimmt«, sagt Kucki. »Erzähl mal weiter.«
»Also, die Tussi und der Cabanossi küssen sich. Aber dann kommt ein Polizist, und der will die Tussi auch küssen.«
»Alle wollen immer nur küssen«, sagt Kucki.
»Aber die Tussi will nicht«, fährt Millie fort. Wieder muss sie einen Hüpfer machen, um mit Kucki Schritt zu halten.
»Und dann?«, fragt Kucki nach. »Was passiert dann?«
»Ich glaube, die Tussi nimmt ein Messer«, sagt Millie zögernd.
»Dann ist es ein Krimi«, sagt Kucki. »Sie bringt die Madonna um und den Bullen.«

»Erstens ist die Madonna doch nur ein Bild und zweitens darf man Bulle nicht sagen.«
»Ich rede doch jetzt wie im Fernsehen«, sagt Kucki. »Da darf man das. Und wie geht es weiter?«
»Mehr weiß ich nicht«, sagt Millie. »Meine Mama erzählt mir nicht immer die ganze Wahrheit. Bei schrecklichen Geschichten lügt sie, das weiß ich genau. Ich kenne zum Beispiel ein Märchen, das hat sie mir in schön erzählt und nicht in schrecklich. Deswegen habe ich es dann vergessen. Kennst du vielleicht eine ganz schlimme Geschichte?«
»Ja«, sagt Kucki. »Die von den Digimons und dem Kampf mit dem Flügeldrachen.« Nun ist Kucki aus dem Takt geraten und hüpft dreimal hintereinander, weil sie es nicht sofort schafft, mit Millie im gleichen Schritt zu laufen.
»Ditschimond kenn ich nicht«, sagt Millie. »Erzähl mal.«
»Also, da kommt der rote Flügeldrachen und will die Pokémons vernichten, aber die Digimons treten gegen den Drachen an. Tanemon ist der mit der Seifenblasen-Attacke.

Und Yokomon macht den Donnerschlag, und Piyomon schickt die kleine Flamme. Sie haben ihr Handy dabei. Tür zu, Tür zu, singen sie. So werden sie Sieger. Und dann geht's weiter mit unseren kleinen Helden und den Telefonzellen am Strand.«
»Das ist doch keine Geschichte, sondern Fernsehen«, sagt Millie.
»Ist aber spannend«, sagt Kucki.
Das kann Millie sich vorstellen. Sie würde auch gerne mal die Pokémons mit den Telefonzellen am Strand sehen.
Aber damit braucht sie bei Mama gar nicht anzukommen. Die hat ihr ja noch nicht mal eine ganz normale schreckliche Geschichte vorgelesen.
»Kennst du denn kein gruseliges Märchen?«, fragt Millie. »So ein richtiges aus einem Buch?«
»Ich kenn nur Fernsehmärchen«, sagt Kucki.
»Schade.« Millie seufzt. »Dann muss ich eben selber weitersuchen. Wenn mir keiner helfen kann.«
In diesem Moment ist jemand an Millies und Kuckis Seite geschlichen. Zum Glück

haben sie schon den Schulhof erreicht. Leider dauert es aber noch sieben Minuten bis zum Klingelzeichen.
Der sich da angeschlichen hat, ist der Uhu. Millie weiß inzwischen, dass der Uhu heftig in sie verknallt ist. Er ist schon in der vierten Klasse und hat auf Millies Einschulungsfeier bei der Vogelhochzeit mitgespielt. Als Uhu! Bei ihm war es wahrscheinlich Liebe auf den ersten Blick. Aber Millie möchte ihn am liebsten keines Blickes würdigen. Der Uhu nervt nämlich. Grässlich! Liebe muss so was wie eine Krankheit sein.
»Soll ich dir bei was helfen?«, fragt er.
Hat er eben etwa gehört, was Millie zu Kucki gesagt hat? »Nee, kannste nicht«, versucht Millie ihn abzuwimmeln.
»Ich mein ja nur«, jammert der Uhu, sodass Millie schon fast Mitleid mit ihm bekommt. Dann aber wird er plötzlich ganz munter. »Kommst du zu Pfingsten mit auf die Kirmes?«, fragt er. »Wir könnten uns treffen. Am Samstag. So um drei?«
»Du hast sie wohl nicht alle«, sagt Millie.
»Oder machst du mit beim Bobby-Car-

Rennen? Dann könnten wir uns auch treffen. Am Sonntag. So um zehn?«
»Sag mal, spinnst du?« Millie wird richtig laut. »Hast du vielleicht Bohnen in den Ohren?«
»Oh, mach doch mit, Millie, bitte.«
»Gute Idee«, sagt Kucki. »Ich gehe überall mit hin.«
Millie schaut die Verräterin mit blitzenden Augen an. Sie versucht, ihr mit einem leichten Kopfnicken und verdrehten Augen anzudeuten, dass sie auf keinen Fall mitmachen würde. Obwohl Kirmes natürlich was ganz Tolles ist. Und Bobby-Car-Rennen? Davon hat sie ja noch gar nichts gehört.
»Erstens …«, sagt Millie, »… erstens muss ich eine schreckliche Geschichte suchen, und zweitens werde ich auf Trudel aufpassen, und drittens kommt Wölfchen.«
Der Uhu guckt doof aus der Wäsche, und die alte Verräterin muss ihm auch noch alles erklären.
»Millie sucht nämlich ein ganz gruseliges Märchen«, sagt Kucki.
»Warum denn?«

Kucki zuckt mit den Achseln.
»Sie darf nicht fernsehen.«
»Nee?«
»Und Trudel … Trudel, das ist ihre Schwester.«
»Ich könnte dann ja auch mal auf sie aufpassen«, sagt der Uhu eifrig.
»Hah«, sagt Millie und dreht sich weg von den beiden.
»Trudel ist aber fast noch ein Baby«, sagt Kucki. »Und sie kriegen Besuch zu Pfingsten, das ist Wölfchen, und Wölfchen ist Millies Freund.«
Das verschlägt dem Uhu die Sprache. Er kratzt mit der Schuhspitze zwischen den Steinen auf dem Schulhof, als müsste er das Unkraut wegmachen.
Jetzt hat Kucki es dem Uhu aber gegeben! Millie kann sich wieder umdrehen. Kucki ist also doch keine Verräterin. Ach du liebe Zeit! Haben sie womöglich das Klingelzeichen überhört? Auf der Treppe zum Eingang steht Frau Heimchen und klatscht in die Hände, um die Aufmerksamkeit der Kinder auf sich zu lenken. Na, wird schon nicht so schlimm

werden. Die Lehrerin hat nämlich ein Herz für Kinder.
Doch bevor sie lospesen, stopft der Uhu Millie noch etwas in die Hand. Er kann es nicht lassen!
Was ist denn das?
Ein Fußballbild. Ach, wie blöd.
»Danke schön.« Das will Millie gar nicht sagen. Das rutscht ihr nur so raus.
»Und ich hab's noch nicht mal doppelt«, brüllt der Uhu, als er losrennt. Er hat als Erster den Eingang erreicht und zwängt sich an Frau Heimchen vorbei. Dann dreht er sich noch einmal nach Millie um.
Nach vorne laufen und nach hinten gucken geht fast nie gut. Weiß doch jeder. Beim Vorwärtspreschen haut der Uhu voll gegen einen offen stehenden Türflügel.
Boing.
Schadet nichts. Vielleicht treibt ihm das die Verliebtheit aus dem Kopf.
Frau Heimchen wendet sich schon zum Gehen, als Millie und Kucki die Treppe hochhasten. Auf dem Podest vor dem Eingang steht ein Papierkorb aus Draht-

geflecht. Millie knüllt das Fußballbild zusammen und wirft es in den Müll.
»Warum das denn?«, fragt Kucki entsetzt.
»Es ist doch ein Geschenk, und du hast es angenommen. Du hast dich sogar bei dem Uhu bedankt.«
»Ich wollte nur höflich sein«, sagt Millie, und dann drücken sich beide mit eingezogenem Kopf an Frau Heimchen vorbei in den Klassenraum.
Fünf Minuten Mathe verpasst.
Das ist doch klasse!
Aber Frau Heimchen legt ein ordentliches Tempo hin. Da muss Millie gut aufpassen, und alle Gedanken an den Uhu verfliegen im Nu.

Aber für heute ist noch nicht Schluss mit dem Uhu. Nach der letzten Stunde erwartet er Millie auf dem Schulhof und drückt ihr ein Buch in die Hand. Eins aus blauem Plastikleder.
»Seit wann haben Jungs denn ein Freundschaftsbuch?«, will Millie wissen. Sie hält es abwägend in der Hand. »Schreib mir

was Schönes rein«, sagt der Uhu. »Einen Spruch oder so.«
»Für die Ewigkeit«, sagt Kucki und lacht sich kaputt. Haha. So lustig ist das nicht. Millie überlegt, was sie machen soll. Sie guckt den Uhu an. Mann, was hat der für eine tolle Beule auf der Stirn. Sie ist schon so dick wie ein Ei. Rot am Rand und in der Mitte blau.
»Ich kann noch gar nicht viel schreiben«, sagt Millie. »Außerdem kenn ich keine Sprüche.«
»Denk dir doch was aus«, bittet der Uhu. »Du kannst schreiben, was du willst.«
»Was ich will?«
Der Uhu nickt eifrig.
Na, der wird sich wundern!
Zu Hause fragt sie Mama. Millie kennt wirklich keine Sprüche. Mama muss helfen.
»Für den Uhu?«, fragt sie. »Seit wann haben Jungs denn ein Poesiealbum?«
»Freundschaftsbuch«, verbessert Millie.
Mama und Papa kennen die Geschichte zwischen Millie und dem Uhu ziemlich gut. Es ist schon immer eine hochdramatische Geschichte gewesen. Mit Liebesbriefen und Geheimschrift und so was alles.

»Du hast ihm doch schon mal aus New York geschrieben«, sagt Mama. »Da wird dir jetzt auch was Passendes einfallen.«
»Aus New York? Ich? Nie!« Millie ist fassungslos.
»Aber ja«, bekräftigt Mama. »Also schreib ihm was Nettes. Es ist ja nicht das erste Mal.«
Mama kennt nur blöde Sprüche.
Edel sei der Mensch, hilfreich und gut.
Oder:
Warum denn in die Ferne schweifen? Sieh, das Gute liegt so nah.
Das nennt man Poesie.
Millie will aber keine Poesie schreiben, sondern was ganz Besonderes. Etwas, über das sich der Uhu ärgern wird. Was haben denn die anderen geschrieben?
Millie blättert das Freundschaftsbuch auf. Es hat nur leere Seiten. Nur leere Seiten!
Der Uhu hat das Album bloß für Millie gekauft! Na, der wird was zu lesen bekommen! Aber was?
Bevor Millie wirklich selber dichten muss, läuft sie lieber zum Bücherschrank. Da muss doch was zu finden sein! Oh ja, dort liegt ein

kleines Sprüchebuch. Vielleicht steht da was drin, das sie abschreiben könnte.
Millie kann schon ziemlich gut lesen, am besten die kurzen Sätze.
Auf Regen folgt Sonnenschein.
Nee!
Am Abend wird der Faule fleißig.
Nee!
Ein längerer Satz?
Rotwein ist für alte Knaben eine von den besten Gaben.
Das gefällt Millie gut. Aber so hundertprozentig trifft es nicht das, wonach Millie sucht.
Dann fällt ihr Blick auf den richtigen Satz. In ganz großen Druckbuchstaben malt sie ihn auf die erste Seite:

Das passt. Da wird der Uhu sein Leben lang an die Beule denken müssen. Aber hundertpro.

Der Uhu hat sich doch tatsächlich die Mühe gemacht, ein gruseliges Märchen herauszusuchen. Am nächsten Tag, gleich nach Schulschluss, läuft er neben Millie und Kucki her und erzählt es ihnen.

Es ist die Geschichte von einem Jungen, der nie Angst hat. Er traut sich sogar um Mitternacht alleine in den Kirchturm hinauf, wo er einem Gespenst begegnet. Tralalalala.

Und in dunkler Nacht setzt er sich unter den Galgen, und über ihm schwingen die Gehenkten im kalten Wind.

Hilfe, Mama, Hilfe.

Geht das so?

Nee, der Junge bibbert und schlottert nicht

vor Angst. Und Millie findet, dass es ein blödes Märchen ist. Weil der Junge sich am Schluss vor nassen Fischen fürchtet.

»Das ist nicht gruselig«, sagt Millie knapp.

»Och«, jault der Uhu. »Und ich habe mir so viel Mühe gegeben. Kommst du trotzdem mit auf die Kirmes?«

Millie schaut den Uhu genervt an. Das Horn auf seiner Stirn ist dunkellila geworden. Kann er sich kein Pflaster drüberkleben, damit er nicht so dusselig aussieht?

»Ich krieg doch Besuch. Das weißt du doch.«

»Wölfchen«, sagt der Uhu. »Ist der dein richtiger Freund?«

»Er ist einfach mein Freund«, meint Millie.

»Welche Klasse?«

Na, das sagt sie dem Uhu lieber nicht. Wölfchen geht ja noch nicht einmal in die Schule. Der Uhu würde sich kaputtlachen.

»Das geht dich gar nichts an.«

Zum Glück fällt Millie gerade ein, dass sie das Freundschaftsbuch vom Uhu noch mit sich herumträgt. Das kann er jetzt zurückhaben.

»Ich schaue aber noch nicht rein«, sagt der Uhu. »Ich werde es erst lesen, wenn ich ganz alleine bin.«
Millie zuckt mit einer Schulter.
»Pppfff«, macht sie.
Da müssen sie sich endlich trennen. Der Uhu geht links herum. Millie guckt ihm hinterher, aber nur kurz. Wegen dieser Beule tut er ihr ein ganz kleines bisschen leid.
Millie biegt jetzt nach rechts ab. Rechts und noch mal rechts. Kucki muss leider geradeaus weiter nach Hause laufen.
Vor Millie gehen jetzt Gus und Wulle. Ausgerechnet! Die beiden wohnen gegenüber von Millie. Manchmal spielen sie zu dritt miteinander, meistens jedoch nicht. Weil Gus und Wulle sich am Ende immer gegen Millie verbünden. Nur wenn die beiden nicht zusammen sind, sind sie normal.
Oh, sieht Millie richtig? Gus und Wulle gehen doch nicht gemeinsam nach Hause. Wulle rennt vorneweg, und Gus stolpert ein ganzes Stück hinterher. Der Abstand zwischen den beiden wird immer größer.
Millie schlendert so langsam, wie sie nur

kann – trotzdem hat sie Gus schließlich eingeholt.
»Na«, sagt sie. Was soll sie denn auch sonst sagen?
»Na«, sagt Gus ebenfalls. Ach, jetzt kann er auf einmal schneller laufen, um mit Millie Schritt zu halten. Als ob er extra auf sie gewartet hätte.
Sie traben eine Zeit lang stumm nebeneinanderher, den ganzen Weg entlang, wo die Marienkäferrosen wachsen. Manchmal sammelt Millie Glückskäfer und setzt sie in ihrem Garten ab, aber Mama ist ungeduldig, wenn Millie nicht rechtzeitig nach Hause kommt. Mama wartet immer vor der Haustür.

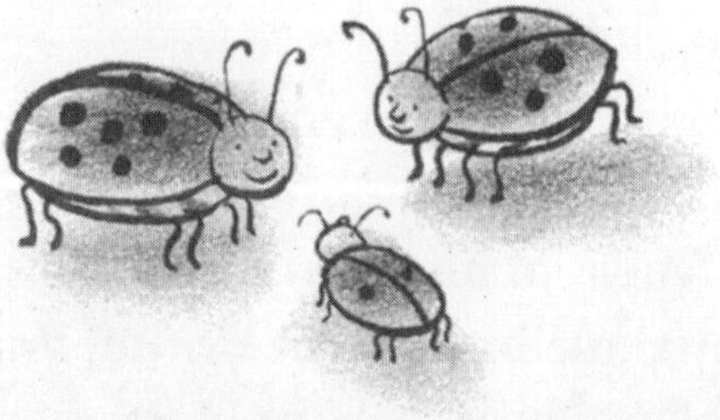

Endlich macht Gus seinen Schnabel auf.
»Machst du am Sonntag mit beim Bobby-Car-Rennen?«, fragt er.

»Weiß nicht«, sagt Millie. »Wir bekommen Besuch. Wölfchen kommt.«
Von Wölfchen hat Millie Gus und Wulle schon erzählt. Gus weiß also Bescheid.
»Wölfchen, Wölfchen«, sagt er knurrend.
»Ja«, sagt Millie. »Ich muss mich um ihn kümmern. Und wenn ich dann noch Zeit habe, muss ich ein Märchen suchen.«
»Wofür?«, fragt Gus.
»Ich suche eine schreckliche Geschichte, und ich kann leider noch nicht so schnell lesen.«
»Was für ’ne Geschichte?«
»Ein schreckliches Märchen.«
»Welches denn?«
»Weiß ich doch nicht. Aber wenn ich es gefunden habe, dann weiß ich, ob es das ist, was ich suche.«
»Hm«, sagt Gus. Wahrscheinlich hat er kein Wort verstanden.
»Meine Mama hat mir eine falsche Geschichte vorgelesen«, erklärt Millie. »Sie will nicht, dass ich was Schlimmes höre. Aber ich halte das längst schon aus. Ich heiße doch nicht Trudel.«
»Soll ich dir suchen helfen?«, fragt Gus.

»Aber mehr als fünf Seiten auf einmal kann ich nicht lesen. Das ist mir zu anstrengend.«
»Na gut«, sagt Millie schnell. Wenn ihr jemand bei der Suche hilft, hat sie es leichter. Dann braucht sie vielleicht auch nur fünf Seiten zu lesen. Obwohl – fünf Seiten können ein Batzen sein.
Da sind sie zu Hause angekommen. Wulle ist Erster geworden. Er steht schon vor seiner Eingangstür. Als Gus hinüber zu seinem Haus geht und Millie ihr Gartentor öffnet, blickt sich Wulle zögernd um. Er schaut zuerst auf

Gus und dann herüber zu Millie. Jetzt weiß Wulle, wie das ist, wenn man verraten wird. Es ist bescheuert.
Ach, Manno, Jungs sind vielleicht schwierig.

Wenn man mit ihnen Mühle spielt oder Viergewinnt oder Autorennen, dann ist alles in Ordnung. Besonders Autorennen spielen sie gerne. Carrera-Bahn. Aber wenn man nur so mit ihnen zusammen ist ... Worüber soll man mit ihnen reden? Mit Kucki kann Millie über alles quatschen, auch über Pups.

Am besten sollten Jungs auf dem Mond leben oder auf einer Insel auf der anderen Seite der Erde, und einmal im Jahr gäbe es ein Treffen, sonntags zum Beispiel.

Oder man könnte einen Wandertag machen. Dann würde man zusammen feiern, mit Limonade und Kuchen und Bratbällchen. Und dann tschüs. So wäre es am besten.

Millie seufzt einmal tief. Mama denkt, sie hat Sorgen. Ja, aber nicht so, wie Mama meint. Sie bildet sich immer ein, dass die Schule Millie Kummer bereitet. Nee, die Schule ist in Ordnung. Was ihr Sorgen macht, ist das ganze Leben. Oder wie soll man das nennen? Es sind die Menschen. Gus und Wulle und der Uhu. Oder Trudel. Und manchmal ist es auch Mama. Ja, Papa auch, aber Papa ärgert Millie nicht so viel. Er sagt »ja«, er sagt

»nein«. Und er erzählt Millie keine Lügenmärchen!
Hoffentlich gibt es heute was Schönes zu essen. Hühnersuppe! Prima. Die Suppe atmet, sie ist noch heiß.
Trudel schlürft. Da schlürft Millie auch. Wie lange Mama das wohl aushalten wird? Sie hält sich die Ohren zu. Wie lange wird sie sich noch die Ohren zuhalten?

Nicht sehr lange. »Schluss mit dem Quatsch«, sagt Mama. »Benehmt euch ordentlich.«
Hat Millie doch gewusst.
Und was gibt's zum Nachtisch?
Jeder bekommt ein Stückchen Schokolade.

Von Schokolade bekommt man Schokoladendurst. Das ist der beste Durst, den Millie kennt. Man muss ganz viel trinken. Dann ganz viel rülpsen. Danach möchte man noch ein Stückchen Schokolade essen.
»Bitte, Mami, bitte!«
»Mamimami«, sagt Trudel.
»Mamimamimami.« Sie hört gar nicht auf mit dem Gejammer.
Mama lässt sich breitschlagen. Es gibt für jeden noch ein Stückchen Schokolade. Davon bekommt man wieder Schokoladendurst. Und danach ist Millie ganz schwindelig im Bauch.
Trudel ist auch schon richtig wimmerig. Sie muss ins Bett. Millie aber nicht.
Mama liest ihr aus der Zeitung vor, was alles zu Pfingsten los sein wird. Bobby-Car-Rennen!
»Tour de France«, sagt Mama und lacht. »So nennen sie das hier.«
Tour de Franz? So 'n Kickikram. Sie hätten das Rennen lieber *Formel 1* nennen sollen.
Mama erzählt auch, dass die Kirmes dieses Jahr ganz in der Nähe aufgebaut wird. Denn der Festplatz unten im Ort ist wegen der

vielen Regenfälle nass und verschlammt. Sie haben schon angefangen, den Rummelplatz aufzubauen. Gleich hinter der Mäusewiese, dort wo das Bauernfeld brachliegt. Auf dem Unkrautversammlungsplatz.
Millie kann schon das Klopfen und Hämmern hören. Jetzt, wo Mama das gesagt hat!
Dürfen die Leute denn in der Mittagspause Krach machen? Trudel schläft doch!
Und was steht nun über die Tour de Franz in der Zeitung? *Mit 70 Sachen die Kurve kratzen*, liest Mama vor.
Am Sonntag flitzen sie wieder die Gefällstrecke der Kreisstraße hinunter. Diese Slalomstrecke wird zur Rennstrecke für Kinder auf ihren Bobby-Cars. Im Mini-Cup starten Kinder zwischen sechs und elf Jahren. Ab 10 Uhr wird die Startrampe für die 1000 Meter lange Strecke zum Hinabdüsen freigegeben, und es kommt vor, dass Geschwindigkeiten bis zu 70 Stundenkilometern erzielt werden. Schutzhelme und Schutzkleidung sind daher Pflicht. Anmeldungen bei der Rennleitung vor Ort.
»Und?«, fragt Mama. »Willst du bei dem Rennen mitmachen, Millie?«

»Aber was ist mit Wölfchen?«, fragt Millie zurück. Sie hätte ja schon Lust, den Berg runterzukrachen.
»Der wird vielleicht auch mitfahren«, sagt Mama. »Ist er schon sechs Jahre alt?«
»Weiß nicht«, sagt Millie. »Aber er kommt dieses Jahr in die Schule.«
»Ach, das kriegen wir schon irgendwie hin«, sagt Mama. »Zuschauen macht ja auch Spaß.«
»Und womit soll ich fahren? Mein Bobby-Car ist doch jetzt Trudels Bobby-Car.«
»Stimmt.« Mama kräuselt die Stirn. »Trudel wird heulen.«
»Soll ich trotzdem …«, beginnt Millie.
»Na, wir schauen mal«, sagt Mama.
In diesem Moment läutet es an der Tür. Das ist verboten. Trudel schläft doch mittags!
Draußen steht Wulle. »Kann ich mit Millie spielen?«
Och nee!
Och ja!
Auch wenn Millie heute nur Lückenbüßer ist, macht Wulle sie mit seiner Bitte sehr, sehr glücklich.

»Wir müssen aber leise sein«, sagt Millie und legt den Finger auf den Mund. »Trudel schläft.«
Es wäre schrecklich, wenn Trudel aufwachen würde. Sie würde mitspielen wollen, und Jungs verstehen nicht, dass Trudel nicht extra Blödsinn macht. Sie ist noch klein. Sie kann noch nicht vernünftig spielen. Deswegen werden Gus oder Wulle schnell zappelig und hauen schließlich ab. Was könnten Wulle und Millie denn heute mal spielen? Zuerst Memory. Dabei kann man sich schön auf dem Boden wälzen. Leider juchzt Wulle jedes Mal auf, wenn er ein Pärchen gefunden hat.
»Pschsch«, macht Millie. Aber sie kann ihn doch nicht dauernd ermahnen.
Lieber machen sie ein anderes Spiel. Frage und Antwort. Millie fängt an. »Warum dürfen die Nordpolfahrer keine blauen Brillen tragen?«
»Keine Ahnung«, sagt Wulle.
»Sonst könnten sie die Eisbären für Blaubeeren halten«, sagt Millie und lacht sich kaputt. »Kapiert?«
Es dauert ewig, bis Wulle den Witz kapiert.

»Was ist bei der Mücke groß und bei einem Kamel klein?« Millie kann ihr Rätselbuch fast auswendig.
Wulle sagt: »Der Schnabel.«
»Mensch, bist du doof?« Millie kann es gar nicht fassen. »Tiere haben doch keinen Schnabel. Nur Vögel haben einen Schnabel.«
»Vögel sind auch Tiere. Du brauchst mich gar nicht so anzuschreien.« Wulle ist etwas beleidigt.
»Es ist trotzdem falsch«, sagt Millie. »Ein Kamel hat ein Maul und eine Mücke hat einen Rüssel.«
»Die hat doch keinen Rüssel! Elefanten haben einen Rüssel!«
»Eine Mücke auch. Die sticht dich in deinen Arm, und dann saugt sie mit dem Rüssel das Blut hoch. So ist das.«
»Päpäpäpäpä«, sagt Wulle.
Mann, ist der schnell eine beleidigte Leberwurst.
Millie ist aber doch froh, dass Wulle heute bei ihr ist. Deshalb gibt sie auf ihre Frage – was ist groß, was ist klein – schnell selbst die Antwort.

»Das M«, sagt sie.
»Was?« Wulle versteht die Scherzfrage nicht.
»Bei der Mücke ist das M groß, und beim Kamel ist das M klein«, erklärt Millie. »Das M im Wort!«
»Hach«, sagt Wulle.
Ihm hat die Frage nicht gefallen. Ist die nächste besser?
»Was ist der Unterschied zwischen einem Schaukelstuhl und einem Nadelkissen?«
Na? Na?
Wulle zuckt mit der Achsel.
»Weißt du's? Weißt du's?« In freudiger Erwartung hopst Millie auf ihrem Po durch das Zimmer.
»Nee«, sagt Wulle. »Nun sag's schon.«
»Wenn du's nicht weißt, dann setz dich mal drauf.«
»Hach«, sagt Wulle noch einmal. »Jetzt machen wir mal was anderes.«
Aber bevor sie sich auf ein neues Spiel einigen können, läutet es schon wieder an der Tür.
Es ist Gus, der geklingelt hat.
»Kann ich mit Millie spielen?«
Als Wulle das hört, bekommt er einen

Schrecken. »Der darf mich nicht bei dir erwischen«, sagt er. »Sonst haut er mir noch eine rein.«
Zum Abhauen ist es jetzt aber zu spät. Millie sieht sich um. Soll Wulle unter das Bett kriechen?
Nein, Gus würde ihn gleich entdecken.
Soll Wulle sich hinter dem Fenstervorhang verstecken? Nein, Gus würde sofort sehen, dass sich die Gardine wie ein Dickbauch ins Zimmer wölbt.
Da bleibt nicht mehr viel übrig.
Der Kleiderschrank!
Millie rappelt sich hoch und reißt die Schranktüren auf. Oben ist ein Regalbrett. Da liegen Millies Pullis drauf. Darunter ist eine Kleiderstange befestigt. Dort hängen ein paar Bügel mit Millies Hosen, dem Wintermantel und dem Daunenanorak. Und Millies Karnevalskostüm ist da aufbewahrt, das Kleid für eine spanische Tänzerin. Hat Mama selber genäht. Rot mit Rüschen. Am Kleid sind auch die Kastagnetten festgebunden. Beides gehört zusammen. Ohne die Kastagnetten ist man nämlich keine richtige spanische Tänzerin.

Hups ist Wulle im Schrank verschwunden. Er passt genau unter die Kleiderstange. Und hups schließt Millie die Türen.
Da steht Gus auch schon im Zimmer. Er hat sicherlich nichts mitbekommen. Millie möchte keinen Zoff haben. Es gibt schon genug Ärger im Leben.
»Na«, sagt Gus und hockt sich auf den Boden.
»Na.« Millie setzt sich ihm gegenüber.
Was für ein aufregender Tag! Hoffentlich pennt Trudel heute ein Weilchen länger. Sonst kann Millie gleich einpacken.
Gus dreht ein paar Karten vom Memory um.
»Spielst du mit dir selber?«, fragt er.
Millie zieht nur eine Schulter hoch, weil sie sonst lügen müsste. Ist Klappe halten auch eine Lüge?
Nun greift Gus nach dem Rätselbuch. »Ist das neu?«, fragt er und blättert interessiert die Seite um.
»Nee«, sagt Millie. »Das ist alt.«
»Pass auf«, sagt Gus. »Warum dürfen die Nordpolfahrer keine blauen Brillen tragen?«
»Weil sie sonst die Eisbären für Blaubeeren

halten könnten«, sagt Millie. Jetzt muss sie nicht darüber lachen. Zweimal dasselbe machen ist doof.

»Richtig«, sagt Gus. »Jetzt frage ich mal was anderes. Kannst du Wasser mit drei Buchstaben schreiben?« Er guckt Millie lauernd an.

»Eis«, sagt Millie. Mensch, sie kann das Buch doch auswendig.

Sie weiß inzwischen sogar, dass der Maul-Eva-Isst der höchste Berg im Himmallalla ist.

Weil Millie alles weiß, ist Rätsel raten für Gus auch nicht mehr interessant. Er sagt: »Was kriege ich von dir, wenn ich dir so ein schreckliches Märchen erzähle?«

»Gar nichts kriegst du von mir. Das war nicht abgemacht«, sagt Millie. »Aber wenn es die richtige Geschichte ist, dann habe ich Zeit, zum Bobby-Car-Rennen zu gehen. Vielleicht.«

»Na gut«, sagt Gus. »Ich kenne tausend Märchen. Rotkäppchen zum Beispiel.«

»Rotkäppchen kenne ich auch«, sagt Millie. »Das ist nicht so schlimm. Das haben sie ja schon im Kindergarten vorgelesen.«

»Rumpelstilzchen«, schlägt Gus vor.
»Weiter«, sagt Millie. »Du hast ja gar nicht fünf Seiten extra gelesen.«
»Der Wolf und die sieben Geißlein?«, zählt Gus auf.
»Das ist auch Kickikram«, sagt Millie enttäuscht. »Du kennst ja nur die normalen Märchen.«
»Ja, aber tausend.«
»Na und? Wenn das richtige Märchen nicht dabei ist, ist es Hühnerkacke.«
»Hühnerkacke?« Gus lacht sich schief. »Aber du musst doch wissen, was in der Geschichte vorkommt. Ein Riese vielleicht oder eine Hexe oder ein Prinz?«
»Märchen mit Prinzen sind keine schrecklichen Geschichten«, sagt Millie.
Sie kann sich wirklich nicht daran erinnern, was Mama ihr damals vorgelesen hat.
Gus hat die Knie angezogen und mit den Händen umschlungen. Er schaukelt auf dem Po vor und zurück. »Wenn du Dornröschen wärst und ich der Prinz, dann könnte ich dich jetzt küssen«, sagt er und macht seine Augen ganz schmal.

Was Gus sagt, ist auch Hühnerkacke. Er wäre ja wirklich ein fürchterlicher Prinz.
In diesem Moment scheppert es im Kleiderschrank. Millie tut so, als ob nichts wäre, aber Gus sieht ziemlich erschrocken aus.
Millie guckt an die Zimmerdecke. »Das sind nur meine Klapperkastanien«, sagt sie.
»Was?«
»Meine Kastagnetten«, erklärt Millie.
Aber dann sind alle Erklärungen für die Katz, denn es rumst und kracht und die Schranktür fliegt auf, und da liegt Wulle unter der runtergefallenen Kleiderstange. Sein erschrockenes Gesicht ist umrahmt von den roten Rüschen des Karnevalskostüms.
Gus' Augen sehen jetzt aus wie Autoreifen, so groß, so rund, so entsetzt.
»Was machst du denn hier?«, stößt er hervor.
»Ich bin nur mal vorbeigekommen«, sagt Wulle, und Gus fällt auch nichts Besseres ein.
»Ich auch«, sagt er.
»Ich war ja schon mit Schularbeiten fertig«, rechtfertigt sich Wulle, und Gus sagt schon wieder: »Ich auch.«
Wulle guckt wenigstens noch einmal zu

Millie rüber, mit so einem unglücklichen, entschuldigenden Blick. Aber dafür kann sich Millie auch nichts kaufen.

»Wenn es nicht regnet, können wir ja jetzt draußen Fahrrad fahren«, schlägt Gus vor, und Wulle sagt eifrig: »Au ja.« Da gehen sie hin.

Millie ruft ihnen nach: »Wir können doch auch Betuppen spielen.«

Sie kramt hastig nach dem Kartenspiel.

»Du kannst dich ja selber betuppen«, sagt Gus, und schon knallt die Tür ins Schloss.

Millie ist so wütend, dass sie auf der Stelle platzen könnte. Wenn wenigstens Kucki hier wäre!

Stattdessen ist durch den Türknall Trudel aufgewacht. Sie kommt in Millies Zimmer, barfuß, mit verschlafenen Augen und nasser Hose.

Igittigittigitt!

Trudel ist eigentlich schon trocken. Sie schläft ohne Windel. Aber wenn doch was passiert, dann geht alles direkt ins Bett. Und in die Hose.

Heute hat sich Trudel während des Mittags-

schlafs ordentlich bepinkelt. Ein süßlicher Geruch steigt auf.
»Pfui Teufel«, schimpft Millie. Ihr ist sehr nach Schimpfen zu Mute. »Pfui Teufel! Weißt du denn nicht, dass Pipi giftig ist? Wenn ich dich jetzt anfassen würde, dich und dein Pipi, dann würde ich krank werden und sterben. Weißt du das, Trudel?«
Trudel hat es wohl nicht gewusst. Sie hat es aber kapiert. Es gibt ein solches Geheul, dass Mama ins Zimmer stürzt. »Was hast du mit ihr angestellt?«
»Nix«, sagt Millie.
Mama guckt von einer zur anderen und einmal kurz auf das große Durcheinander vor Millies Schrank.
Aber Trudel heult so jämmerlich, dass Mama sie gleich auf den Arm nimmt. Die Schwester hat wenigstens jemanden, der sie tröstet. Mama hat keine Angst vor giftigem Pipi. Sie schleppt Trudel auf dem Arm ins Badezimmer.
Und die Kleiderstange, Mama? Was ist mit der Kleiderstange?

Trudel

Papa liest abends auch den Zeitungsartikel über das Bobby-Car-Rennen.
»Hast du Lust mitzumachen?«, fragt er.
Bei der Tour de Franz? Millie weiß noch nicht. »Wo ist denn überhaupt dein Bobby-Car?«
Hat Papa vergessen, dass Millies Bobby-Car jetzt Trudels Bobby-Car ist?
Da meldet sich schon die kleine Schwester. Sie kniet auf ihrem Kinderstühlchen und hat sich halb über den Esstisch gelegt.
Ja, sie ist noch klein, aber sie versteht alles. Man muss aufpassen, was man sagt.

»Tudelbobbikah«, sagt sie und schlägt mit der flachen Hand auf den Tisch.
Da hört man's. Sie verteidigt ihr Auto schon mit Zähnen und Klauen. »Ja«,

sagt Papa beruhigend. »Trudels Bobby-Car. Wo steht es denn? Ich kann es mir ja mal anschauen und in Ordnung bringen.«
Das Bobby-Car ist in Ordnung. Nix dran auszusetzen. Es ist nur ein bisschen staubig, aber der Wagen schnurrt wie ein geölter Blitz.
»Tudelbobbikah«, sagt Trudel und will gleich aufsteigen. Millie darf nicht mal wagen, ihre Hand draufzulegen. Trudel würde wahrscheinlich sofort zubeißen.
»Ich werde das Ding erst mal sauber machen«, sagt Papa und schleppt das Auto in die Waschküche.
»Tudelbobbikah«, brüllt Trudel und rennt ihm hinterher. Oha. Papa wird Probleme bekommen. Das weiß er nur noch nicht.

Wie schön das Bobby-Car aussieht, als es gewaschen ist. Glänzend rot mit weißen Griffen und weißen Reifen. Das gefällt Trudel sehr. Sie schnappt sich das Auto und steuert es geradewegs auf die Terrasse hinaus.
»Tudelbobbikah«, singt sie. »Tudelbobbikah.«
»Das kriegen wir schon hin«, sagt Papa und legt seine Hand auf Millies Kopf.

Millie seufzt tief. Es ist ja noch Zeit bis Pfingsten. Zwei, drei Tage.
Zwei, drei Tage sind jedoch nicht viel Zeit, wenn man groß einkaufen und gründlich sauber machen muss. Mama kriegt die Krise. Wenn Besuch kommt, wird eben noch gründlicher sauber gemacht als sonst.
»Soll ich dir helfen?«, fragt Millie.
»Oh, das ist wirklich nett«, sagt Mama. Wie sie sich über Millies Frage freut!
»Bin ich jetzt dein Lieblingskind?«, will Millie wissen.
»Ach, Schätzchen«, sagt Mama. »Ich liebe euch beide gleich.«

»Aber wenn ich dir helfe, liebst du mich dann noch ein bisschen mehr? Wenigstens so lange, bis Trudel auch putzen kann?«
Mama lacht. »In Ordnung, Schätzchen.«
»Okay«, sagt Millie. »Das schreibe ich mir aber gleich auf«
»Millie!« Mama macht ein ziemlich empörtes Gesicht. »Das ist doch kein Geschäft zwischen dir und mir. Ich habe euch wirklich beide gleich lieb.«
»Aber wenn ich noch mehr putze oder dir sogar ein Kleid nähe ... Was dann? Wen liebst du dann am meisten?«
»Trudel und Millie«, sagt Mama.
Wie stur sie ist.
»Wer ist bei dir aber an allerallererster Stelle?«, fragt Millie Nervensäge. »Ich oder Trudel?«
»Millie und Trudel«, sagt Mama. »Oder Trudel und Millie.« Mensch, man kann Mama nicht in die Falle locken. Und Millie bleibt nichts anderes übrig, als das Staubtuch zu nehmen und über die Regale zu wischen. Danach fahren sie einkaufen. Vorher müssen sie aber noch durch die Waschstraße. Ob

Trudel das aushalten wird? Die Waschstraße ist nämlich fast so gruselig wie eine Geisterbahn.
Millie und Trudel sitzen hinten im Auto. Trudel hockt im Kindersitz. Millie hat sich losgemacht. Dann kann sie ein wenig herumhampeln. Ist ja nur die Waschstraße!
Während sie vor der Einfahrt in der Warteschlange stehen, versucht Millie Mama klarzumachen, was mit Trudel gleich alles passieren könnte.
»Fahr da lieber nicht rein, Mami«, sagt Millie. »Trudel bekommt vielleicht einen Schreikrampf. Oder Durchfall.«
»Was redest du denn da?«, sagt Mama. »Hast du schon mal erlebt, dass jemand einen Schreikrampf bekommt?«
»Ja«, sagt Millie. »Frau Heimchen kriegt oft einen Schreikrampf, auch wenn ich sage, lach doch mal, Frau Heimchen.«
»Aha«, sagt Mama. »Kein Wunder.«
Aber nun ist alles zu spät. Mit der Schnauze vom Auto sind sie schon in der Waschanlage. Millie sieht, wie Trudel sich steif macht. Hat sie doch geahnt!

Jetzt kommen die großen Bürsten angerollt. Sie drücken sich von allen Seiten gegen das Auto und schmieren weißen Schaum auf die Scheiben, sodass man nichts mehr sehen kann. Trudel brüllt los. Das hat Millie gewusst. Sie weiß auch, was Trudel denkt. Sie denkt nämlich, die Bürsten fressen das Auto auf.
»Herr im Himmel«, sagt Mama und wird nervös.
»Kannst du Trudel mal beruhigen, Millie?«
»Ja, ja«, sagt Millie und streichelt Trudel über den Arm.
Aber so einfach ist das mit dem Beruhigen nicht. Man kann Trudel jetzt erzählen, was man will, sie hört ja noch nicht mal zu.
Die kleine Schwester will raus aus ihrem Sitz. Sie strampelt mit den Beinen, so sehr, dass einer ihrer Schuhe vom Fuß rutscht. Trudel stößt gegen den Vordersitz und ruschelt mit dem Po auf dem Sitz hin und her. Sie bäumt sich auf. Zum Glück hält der Gurt sie fest. Sonst wäre Trudel noch nach vorn zu Mama geklettert. Wie sollte die dann noch fahren können?
Oder Trudel wäre einfach ausgestiegen.

Trudel ist so. Die macht, was sie will. Das hat sie von Millie geerbt. Den Dickkopf.
Es gibt keine Haltestelle in der langen Waschstraße. Nach den Bürsten kommen die Regenschauer. Erst ein heftiger Gewitterguss und dann ein sanfter Frühlingsregen. Da hält Trudel endlich die Klappe, und als das grüne Licht vorne bei den riesigen Torflügeln aufleuchtet, dürfen sie schließlich raus aus der dunklen Geisterbahn.
Mama richtet auf dem Hof die Spiegel am Auto aus und wischt sie mit dem Lederlappen klar. Millie bückt sich nach Trudels Schuh. Sie sieht ihrer Schwester einen kurzen Augenblick ins Gesicht, zieht ihr den Schuh an und bindet die Schleife. Trudel krabbelt ihr währenddessen mit den Fingerchen im Haar herum.
Millie schaut sie wieder an. »Hast du Millie lieb?«, fragt sie.
Trudels Gesicht ist immer noch ganz verheult. Sie schluchzt einmal auf. »Tudelmillielieb«, sagt sie. Das ist schön. Trudel sieht dabei ganz ernst aus. Dann ist es nicht gelogen.
Und jetzt müssen sie in den Supermarkt.

Millie schiebt den Einkaufswagen. Den großen. Trudel will auch einen Wagen haben. Für die kleinen Kinder ist der Einkaufswagen mit der Fahnenstange gedacht. Wegen des Fähnchens, das oben an der Stange flattert, können die kleinen Kinder nicht verloren gehen. Man braucht nur zu schauen, in welchem Gang und hinter welcher Truhe sich das Fähnchen bewegt. »Stell dich doch schon mal beim Fleischer an«, bittet Mama. »Ich besorge in der Zeit die Sachen zum Kuchenbacken.«
Ja, gut.
Millie zischt durch den Gang, wo die Marmelade und die Konservendosen stehen. Ganz hinten ist die Wurst- und Fleischtheke aufgebaut.
Trudel folgt Millie mit ihrem Einkaufswagen. Sie zieht ihn am Fähnchen hinter sich her. Der Wagen schlenkert hierhin und dahin, aber er kann nicht ausreißen. Trudel hat ihn fest im Griff.
»Und was möchtest du denn?«, fragt die Verkäuferin, als Millie vor der Glastheke angekommen ist.

Huch, ist Millie schon dran?
»Was gibt's denn hier?«, fragt sie schnell und schaut auf die Wurstauslagen.
Mami, wo bist du denn?
Mama kommt schon angeflitzt. Sie hat die Arme voll bepackt und legt die Sachen erst einmal in Millies Korbwagen. Dann bestellt sie Fleisch und Salate. Millie und Trudel gucken sich die leckeren Würstchen an. Millie zeigt auf eine kleine Teewurst.
»Schau mal, Trudel, da ist eine kleine Fledermaus. Siehst du sie?« Millie will Trudel ärgern. Die Schwester guckt Millie verdutzt an. Dann betrachtet sie erneut die Wurst.
»Federmaus«, sagt sie. »Tudelfedermaus.«
Mama hört halb hin und halb weg. Sie muss ja eine ganze Menge Essen für Pfingsten einkaufen. Zwischendurch sagt sie immer wieder: »Psch, Millie, psch.«
Millie soll aufhören, Quatsch zu machen. Millie macht aber gerne Quatsch.
»Ja, Trudelchen, guck mal genau hin.« Millie drückt mit ihrem Zeigefinger ganz fest auf die Glasscheibe vor der Teewurst. »Das ist eine schöne, kleine Fledermaus.«

»Psch, Millie, psch.«
»Eine schöne, kleine Fledermaus.«
Mama hat genug Fleisch gekauft. Jetzt wandern ihre Augen zu den Wurstauslagen.
»Ich hätte gerne noch eine kleine Fledermaus«, sagt sie und dann schnell: »Ach nein, eine kleine Teewurst, bitte.« Es ist herrlich, wenn man Mama so durcheinanderbringen kann. Dann freuen sich alle.
Die Verkäuferin lacht.
Mama lacht.
Und Millie lacht.
Nur Trudel muss nicht lachen. Trudel nimmt alles ganz ernst, was Millie sagt.
So, jetzt geht es nach vorne an die Kasse. Trudel hat auch etwas von den eingekauften Sachen in ihren Wagen bekommen. Nudeln und Zucker und eine Zitrone.
Vor der Kasse muss man warten.
Trudel ist ungeduldig. Sie hat ihren Wagen wieder oben am Fähnchen gepackt und schleudert ihn rum und rum und rum.
Trudel ist böse.
Mama packt den großen Wagen aus. Sie legt alles auf das Fließband. Dabei schaut

sie aber immer wieder unruhig zu Trudel hinüber.
Millie kapiert schon. Sie soll machen, dass Trudel mit dem Blödsinn aufhört.
Millie hält den trudelnden Wagen fest.
Die Schwester heult. »Tudelwagen!«, brüllt sie. »Weg! Tudelwagen.«
Trudel hat ganz schön Kraft. Sie reißt ihren Wagen los. Er fliegt hinter sie und kippt um.
Den Nudeln ist nichts passiert. Sie sind gut in einer Plastiktüte verpackt.
Der Zitrone ist auch nichts passiert. Sie kullert nur ein Stückchen unter den Ständer mit den Schokoladenmaikäfern.
Aber das Paket mit dem Zucker!
Die Tüte ist ja nur aus Papier. Sie ist gerissen, und der ganze Zucker ist über den Boden verstreut.
Millie ist sehr erschrocken.
Trudel brüllt: »Bödemillie.«
Das reicht jetzt aber. Millie scheuert ihr eine. Da ist Trudel auch erschrocken. Und natürlich heult sie los, obwohl Millie ihr die Ohrfeige nicht aus voller Kraft gegeben hat, nur mit halber. Trudel brüllt den ganzen

Laden zusammen. Mama hat die Nase voll. Sie schnappt sich die Kinder, eine rechts, eine links, und schiebt sie energisch bis vor die Kasse. »Na wartet, meine Lieben«, sagt sie. Aber sie meint das nicht so, wie sie es sagt. Sie meint es ganz anders.
Mama will den Zucker zusammenkehren.
Die Kassiererin sagt: »Ach, ich mach das schon.«
Millie zieht ein schuldbewusstes Gesicht,

und Trudel schaut sehnsüchtig zu, wie der Zucker auf eine Schaufel gefegt und in den Mülleimer geschüttet wird.
Aber ist die Sache nun erledigt?
Nee.
Draußen fängt Mama noch mal von vorne an: »Euch kann man auch keine Minute aus den Augen lassen.«
»Aber Trudel ist so frech«, verteidigt sich Millie.
»Sie muss sich gegen dich durchsetzen«, versucht Mama zu erklären. »Du hast es leichter. Du brauchst das nicht.«
»Doch«, sagt Millie. »Ich muss mich gegen dich und Papa durchsetzen.« Und da Mama nichts erwidert, sondern nur verwundert guckt, fügt sie hinzu: »Und gegen Gus und gegen Wulle. Und gegen den Uhu.«
Mama sagt noch immer nichts. Sie verstaut die eingekauften Sachen hinten im Auto. In den Klappkisten.
»Und ich beschütze Trudel«, fährt Millie fort.
»Das haben wir eben gemerkt«, sagt Mama.
Meint sie die Ohrfeige?

»Ja, aber das ging nicht anders, sonst gehorcht Trudel nicht.«
»Trudel? Aber für ihr Alter ist sie doch eigentlich schon sehr vernünftig.«
»Die tut nur so. Bei euch tut sie so. Bei mir ist sie immer sehr ungezogen.«
»Ja, weil sie sich gegen dich durchsetzen muss«, sagt Mama.
Mensch, das hat Mama doch eben schon mal gesagt. Hat sie Millie gar nicht zugehört?

Jocko

Obwohl es so viel zu tun gibt, darf Millie an diesem Freitagnachmittag in die Bücherei gehen. Manchmal kommt Mama mit. Dann ist Trudel auch dabei.
Trudel schaut sich in der Bücherei immer die Mäusebücher und die Bärenbücher an. Manchmal auch schon ein Nilpferdbuch.
Heute geht Millie alleine hin. Sie hat es nicht weit. An den Marienkäferbüschen vorbei bis zur Ecke. Gegenüber dem Einkaufszentrum mit dem Supermarkt liegt die Bücherei. Es ist nicht so weit wie zur Schule. Sie muss zwei Straßen überqueren.
An beiden Kreuzungen gibt es Zebrastreifen.
Links gucken, rechts gucken, links gucken. Dann los.
Am zweiten Überweg kommt ein schwarzes Auto um die Ecke. Da hat Millie schon

einmal nach links und einmal nach rechts geschaut.
Als sie wieder nach links blickt, sieht sie, wie das Auto sich nähert. Da hat sie ihren Fuß schon auf dem Zebrastreifen und macht den nächsten Schritt.
Das Auto ist doof. Es hält nicht sofort an. Mensch, das ist doch ein Zebrastreifen! Millie ist Erste!
Dann hält das Auto endlich. Da hat Millie schon drei Schritte auf der Straße gemacht. Das Auto kommt ein klitzekleines Stück neben Millie zum Stehen. Ein winziges klitzekleines Stück. Es würde nicht mal eine Briefmarke zwischen die Stoßstange und Millies Bein passen.
Millie ist wie angewurzelt stehen geblieben. Was für ein Blödkopp sitzt denn da am Steuer? Millie schaut hoch. Es ist ein Mann, der sich jetzt mit der flachen Hand an die Stirn haut.
Ja, hau dich nur. Millie zeigt ihm einen Vogel und marschiert weiter.
Auf der anderen

Straßenseite blickt sie sich noch einmal um. Hinter dem Blödkopp sitzt ein Junge im Auto. Der zeigt Millie auch einen Vogel.
Noch so ’n Blödkopp.
Na, jetzt kann nicht mehr viel passieren. An der nächsten Ecke liegt die Bücherei.
Millie gibt zwei Bücher zurück. *Klaus und die schlaue Katze* und *Die kleine Hexe Sandra.* Es sind keine schrecklichen Geschichten. Millie hat sie sogar Trudel vorgelesen.
Heute geht Millie direkt zum Regal mit den Märchenbüchern. Das ist ja nicht zu fassen. Es gibt bestimmt tausend davon. Oder mindestens neunhundertneunundneunzig. Und es sind alles dicke Bücher.
Als Millie ein Buch aus dem Regal nimmt und durch die Lücke in den nächsten Gang sehen kann, schaut sie direkt in das Gesicht von dem Jungen im Auto.
Na, du Blödkopp.
Der Junge sagt: »Hallo.«
Der hat vielleicht Nerven.
Er sagt: »Du hast meinem Vater eben einen Vogel gezeigt.«
»Und du hast mir einen Vogel gezeigt«,

erwidert Millie. Darauf weiß der Junge nichts zu sagen.

»Da war ein Zebrastreifen!«, fährt Millie fort. »Damit du's weißt.«

Dem Jungen ist das Thema wohl unangenehm. Er schaut zu Boden. Dann fragt er: »Was machst du hier?«

Mann, ist das ein Dussel. Was soll man schon in einer Bücherei tun? Eis essen vielleicht?

Millie sagt: »Ich suche ein Märchen.«

»Ich suche was über Autos«, sagt der Junge.

»Autos sind langweilig. Außer den roten Autos. Und den gelben.«

»Rot finde ich auch toll.« Der Junge nickt eifrig. »Ferrari.«

»Ihr habt aber ein langweiliges Auto«, sagt Millie. »Ein schwarzes.«

Der Junge sagt: »Ja.«

Ach, er gibt ihr Recht?

Schön. Das beeindruckt Millie. Sie gibt zu, dass sie auch ein langweiliges Auto fahren. »Ein blaues«, sagt sie. »Dunkelblau.«

Dann gibt es nichts mehr über Autos zu sagen, und der Junge kommt um das Regal herum auf die andere Seite zu Millie.

Er ist ein ganz schönes Stück größer als sie.
»Vierte Klasse?«
»Hmhm«, macht der Junge.
»Dann kennst du auch den Uhu?«
»Wen?«
»Den Uhu.« Wie heißt der noch mal richtig? Keine Ahnung.
»Ich kenne keinen Uhu«, sagt er.
»Der war auf der Vogelhochzeit die drittletzte Strophe«, sagt Millie.
»Ach der«, meint der Junge. »Ja, klar, den kenn ich. Was ist mit dem?«
»Nix ist mit dem«, sagt Millie. »Gar nix.«
»Na dann«, sagt der Junge. Er zieht auch ein Buch aus dem Regal, als würde er sich ebenfalls für Märchen interessieren. Es gibt aber keine Automärchen. Pech für ihn.
»Wie heißt du denn?«, fragt er plötzlich.
»Millie. Und du?«
»Jocko«, sagt der Junge.
»Ist das dein richtiger Name?«
»Wieso nicht?«
Ja, wieso nicht, ist ja auch egal.
»Soll ich dir beim Suchen helfen?«, fragt Jocko. »Ich kann ganz schnell Inhaltsver-

zeichnisse lesen. Und Immobilienanzeigen. Damit helfe ich meinem Vater. Jeden Samstag.«
Was soll das denn sein: Immer-Bienen-Anzeigen?
»Wenn jemand ein Haus verkauft und so«, erklärt Jocko. »Da musst du ganz schnell nur die Orte lesen.«
»Wozu?«
»Damit du weißt, wo die liegen, ob es weit weg ist oder nicht. Großkrotzenburg, Ober-eschbach, Brandoberndorf oder Hofolpe.«
»Mönchengladbach«, sagt Millie.
»Das ist zu weit weg«, sagt Jocko. »Kommst du aus Mönchengladbach?«
»Nee«, sagt Millie. »Ich komme von hier. Mein Freund ist aus Mönchengladbach. Aber ich weiß nicht, wo das ist.«
»Ist das dein fester Freund?«
Das weiß Millie nicht. Sie kennt Wölfchen erst seit etwas über einem halben Jahr und hat ihn seit Kreta nicht mehr gesehen. Sie weiß nicht, ob so was fest ist oder nicht. Sie zuckt mit den Schultern.
»Seit wann bist du denn mit ihm zusammen?«
»Ich bin gar nicht mit ihm zusammen«, sagt

Millie. »Ich bin morgen mit ihm zusammen. Und wahrscheinlich auch übermorgen. Und am Montag bin ich nicht mehr mit ihm zusammen, weil er nur auf der Durchreise ist.«
»Ach so«, sagt Jocko. »Dann hast du nichts mit ihm. Oder?«
Was soll Millie denn mit ihm haben? Sie hatte Kreta mit ihm. Sonst nichts.
Der Jocko ist schon komisch. Was will der überhaupt von ihr?
»Hier«, sagt er und hält ihr das aus dem Regal gefischte Buch vor die Nase. »Ich lese dir mal das Inhaltsverzeichnis vor. Sag *stopp*, wenn ich gefunden hab, was du suchst.«
Dann rappelt er runter, was das Zeug hält.

Die drei Glückskinder
Der treue Johannes
Strohhalm, Kohle und Bohne
Die weiße Schlange
Der kluge Knecht
Der Fuchs und die Gänse
Die Rübe
Die zertanzten Schuhe
Jorinde und Joringel
Der Schneider im Himmel

Hey, das reicht.
»Fällt dir was dazu ein?«, fragt Jocko. »Es sind alles Grimm'sche Märchen.«
»Nee«, sagt Millie. »Das war viel zu schnell. Aber ich glaube, ich suche eine Geschichte mit einem Riesen. Ja, Mensch, jetzt fällt's mir ein. Und es ist ein sehr grimmsches Märchen.« Sie verbessert sich: »grimmiges Märchen.«
»Grimm«, sagt Jocko.
»Grimmig«, sagt Millie. »Ein sehr grimmiges, schreckliches Märchen mit einem Riesen.«
»Da gibt's doch auch was«, sagt Jocko und schlägt vor: »*Der junge Riese.* Oder, wart mal: *Das tapfere Schneiderlein.* Da kommen auch Riesen vor.«
»Das ist es nicht«, sagt Millie. »Und ich glaube, ich muss jetzt gehen. Meine Mama wartet. Ich bin schon viel zu lange hier.«
»Wenn du willst, ruf sie doch an«, sagt Jocko und zieht ein Handy aus der Hosentasche. »Dann macht sie sich keine Sorgen. Ich finde Handys prima. Nachher telefoniere ich auch mit meinem Vater. Dass er

mich abholen soll.« Jocko drückt eine Taste und hält Millie das Telefon hin. »Brauchst nur zu wählen«, sagt er.

Millie tippt die Telefonnummer von zu Hause ein. Mama ist dran.

»Ich will nur sagen, dass ich jetzt zurückgehe. Damit du dir keine Sorgen machst«, sagt Millie. »Das Telefon habe ich von einem Jungen. Er hat ein Handy.«

Was Mama nun auch noch alles wissen will!

»Er heißt Jocko. Vierte Klasse. Er ist auch in der Bücherei.«

»Dann ist ja gut, Schätzchen«, sagt Mama.

Millie gibt Jocko das Handy zurück. Sie leiht sich noch ein Märchenbuch aus. Dann geht sie.

Jocko ruft ihr von der Eingangstür hinterher: »Kommst du am Sonntag zum Autorennen?«

Millie dreht sich um. »Autorennen?«

»Bobby-Car!«

»Ich weiß noch nicht. Wölfchen kommt doch.«

»Ich ruf dich an!«, ruft Jocko. »Gib mir mal deine Nummer.«

»Sechs, siebzig, neunzig«, ruft Millie.

»Hab ich sowieso schon gespeichert«, sagt Jocko, lacht und hält das Handy triumphierend in die Höhe.
Was es alles gibt!
Seltsam, Millie hüpft jetzt nach Hause. In null Komma nichts ist sie da. Es geht ja fast nur bergrunter.
Auch wenn Mama Bescheid wusste, dass Millie etwas später kommen wird, wartet sie schon. Millie muss ihr von Jocko erzählen.
»Nee, den kenn ich nicht richtig«, sagt Millie. »Ich dachte, er ist ein Blödkopp, weil er mir einen Vogel gezeigt hat.«
»Wieso denn das?«, fragt Mama und runzelt die Stirn.
»Weil ich seinem Vater einen Vogel gezeigt habe.«
»Millie!«
»Ja, weil er mich fast umgefahren hat.«
»Was?« Mama ist mordsaufgeregt, und Millie muss ihr die ganze Geschichte erzählen, aber haarklein. Mama fällt fast in Ohnmacht dabei. Aber so gefährlich ist die Sache mit dem Auto doch gar nicht gewesen.
»Trotzdem, Millie, trotzdem«, sagt Mama.

»Nächstes Mal gehst du erst über den Zebrastreifen, wenn die Autos tatsächlich angehalten haben.«
»Auch wenn ich Erste bin?«
»Auch dann«, sagt Mama. »Auch wenn du im Recht bist. Versprich mir das.«
Ja, Mama, ja.
Da klingelt das Telefon. Das werden die Eltern von Wölfchen sein. Sie wollten noch Bescheid geben, wann sie morgen ankommen.
Es sind aber nicht Wölfchens Eltern.
»Es ist für dich, Schätzchen«, sagt Mama und winkt Millie herbei. »Es ist Jocko.«
»Ja? Jocko?«, ruft Millie in den Hörer hinein.
»Hey, Schätzchen«, sagt Jocko. Millie kann direkt sein Grinsen sehen. Aber sie ist nicht sein Schätzchen. Sie ist nur Mamas Schätzchen.
»Ich habe noch einen Riesen gefunden«, sagt Jocko. »Die Geschichte heißt: *Die Rabe.* Komisch, was? Ist es das, was du suchst?«
»Keine Ahnung«, sagt Millie. »Kannst du wirklich so schnell lesen?«
»Nee«, sagt Jocko. »Ich habe im Internet

nachgeschaut. Da kriegst du tausendvierhundertzweiundneunzig Hinweise, wenn du das Wort *Riese* eingibst.«

»Was du alles kannst«, sagt Millie erstaunt.

»Ist doch ein Klacks«, sagt Jocko. »Aber eigentlich wollte ich dich fragen, ob wir uns am Sonntag auf der Rennbahn treffen können. So um zehn? Oder vielleicht schon am Samstag auf der Kirmes. So um drei?«

»Mama?« Millie dreht sich um. Ihr wird ganz eng in der Brust. Jetzt braucht sie Hilfe. Das ist ihr alles zu kompliziert. Der Uhu will zur selben Zeit am selben Platz sein. Und was ist mit Wölfchen? Um den muss sie sich ja auch kümmern. Und wer passt auf Trudel auf?

Millie erklärt Mama alles im Schnelldurchlauf.

Mama sagt: »Wir gehen wahrscheinlich alle zum Bobby-Car-Rennen. Du bist also sowieso da.«

Millie ist wieder leichter ums Herz geworden.

»Ich bin sowieso da«, sagt sie. »Sowieso.«

»Ja, prima«, sagt Jocko. »Hast du was zum Schreiben parat?«

»Ja«, sagt Millie. »Warum?«
»Schreib dir doch mal meine Handynummer auf. Für alle Fälle.«
Na gut, für alle Fälle schreibt Millie die lange Telefonnummer auf den bereitliegenden Block. Puh.
»Was ist denn das für ein Junge?«, fragt Mama, als Millie schließlich den Hörer aufgelegt hat.
»Na, so einer eben«, sagt Millie. »Er liest jeden Samstag die Bienen-Anzeigen.«
»Die … was?«
»Weiß ich doch auch nicht, Mami. Die Bienen-Anzeigen. Oder so.«
»Na, den Knaben werden wir uns aber gründlich ansehen«, sagt Mama. »Möglichst noch vor dem Bobby-Car-Rennen.«
»Tudelbobbikah«, sagt Trudel.
Ach, das Schätzchen gibt's ja auch noch.

Wölfchen

Am Samstag um die Mittagszeit klingelt es an der Haustür. Wölfchen!
»Millie, gehst du aufmachen?«, fragt Papa.
Millie will nicht so recht. Sie geniert sich. Sie hat Wölfchen schon lange nicht mehr gesehen. Vielleicht ist er ganz anders, als sie denkt. Und wie soll sie ihn begrüßen? Hand geben? Oder soll sie ihm um den Hals fallen? Nee.
»Millie!«
Man kann ihren Namen so oder so aussprechen. Jedes Mal bedeutet es was anderes. So wie Papa jetzt gerufen hat, heißt das, dass Millie sich auf keinen Fall drücken kann. Mama ist nämlich noch ein Stockwerk tiefer und hängt Handtücher in die Gästedusche. Und Papa hat gerade den Staubsauger repariert, weil der Rüssel vom Rohr abgerutscht war. Papa hat noch Klebstoff an der Pfote.

Es läutet schon das zweite Mal.
Na schön. Dann schlurft Millie eben zur Tür.
»Hallo Millie!«
Das ist Wölfchens Mama. Sie hat ihre Stimme ganz hoch gestellt, als wäre Millie noch ein Baby.
Die Mama beugt sich über Wölfchen hinüber und greift mit beiden Händen nach Millie. Sie trägt lauter Goldketten um den Hals und die Handgelenke. Und Pikser in den Ohren. Das klimpert und klirrt wie in einer Schatztruhe.
Wölfchens Papa sagt nichts. Er nickt Millie einfach zu. In Ordnung.
Nachdem Millie mit Wölfchens Mama eine Million Mal Hände geschüttelt hat und die Ketten genug gescheppert haben, kann Millie sich endlich Wölfchen anschauen. »Mensch, was bist du groß geworden«, sagt sie. Sie kommt aus dem Staunen gar nicht heraus.
»Ich komme ja auch bald in die Schule«, sagt Wölfchen.
Millie studiert ausgiebig sein Gesicht. Es ist schmal geworden. Und sein Haar ist auch ein bisschen dunkler als auf Kreta. Aber

endlich hat Millie sein altes Gesicht im neuen wiedergefunden. Jetzt darf er eintreten.
»Hey.«
Sie hält ihre Hand hoch, und Wölfchen schlägt dagegen. »Hey.«
Alles ist gut.
Als Millie Wölfchen so von oben bis unten betrachtet hat, ist ihr gleich aufgefallen, dass er neue Turnschuhe trägt. Weiß mit schwarzen Bogen an der Seite. Schick. Sie hat aber auch sofort gesehen, dass eine Schleife aufgegangen ist und beide Enden vom Schnürsenkel lang auf dem Boden liegen.

Millie ist noch nicht dazu gekommen, ihm das zu sagen. Man kann so was nicht jedem gleich sagen. Sie hat ja nicht gewusst, ob es das alte Wölfchen oder ein neues Wölfchen ist.
Schon macht Wölfchen den ersten Schritt ins

Haus. Er tritt auf den Schuhriemen. Nur auf ein Ende, aber das reicht. Wölfchen fällt beim nächsten Schritt voll auf die Schnauze.
Es ist ihm peinlich. Das braucht es eigentlich nicht. Es kann jedem passieren.
Aber seine Mama sagt sofort: »Du bist vielleicht ein Schaf.« Ja, es hat sich seit Kreta nicht viel verändert.
Zum Glück sind jetzt Mama und Papa da, und es gibt ein großes Hallo. Bitte setzen, bitte setzen.
»Was möchtet ihr trinken?«
»Wie gemütlich es bei euch ist!«

Trudel hat sich noch nicht an den Besuch gewöhnt. Vielleicht erinnert sie sich auch nicht mehr an Kreta und an Wölfchen. Sie war damals noch nicht mal zwei Jahre alt. Trudel drängt sich so eng an Mama, als wollte sie in ihren Bauch kriechen. Millie weiß, dass Trudel Zeit braucht. Sie wird Millie und Wölfchen in der nächsten Stunde nicht stören. Das ist prima. Da können die beiden im Kinderzimmer verschwinden.

»Na?«, fragt Millie, weil sie noch nicht weiß, wie es weitergehen soll.
»Na?«, sagt Wölfchen ebenfalls und lächelt. Wirklich, er ist ja schon fast so groß wie Millie, Junge, Junge, Junge.
Millie müsste jetzt was Gutes einfallen, worüber man sprechen könnte. Sie können ja jetzt nicht einfach anfangen, Mikado zu spielen. Oder doch?
»Zieh ruhig deine Schuhe aus«, sagt Millie. Sie läuft auch nur in Socken herum.
»Wirklich?«, fragt Wölfchen.
»Na klar.«
Wölfchen läuft nun auf Strümpfen im Zimmer umher. Guckt hierhin, guckt dorthin und nimmt dies und das hoch. Und nach und nach legt er alles brav wieder zurück. Dann sagt er: »Hach, meine Mama.«
»Hach ja«, sagt Millie und schüttelt missbilligend den Kopf. »Mach dir nichts draus.«
»Ich will ja alles richtig machen, aber dann passiert immer ein Unglück«, sagt Wölfchen.
»Das mit dem Schnürsenkel ist doch kein Unglück«, sagt Millie.

»Nein?«
»Nein. So ’n Schnürsenkel, das ist doch nur Pups. So was wie … wie Krankenhaus ist ein Unglück.«
»Für meine Mama ist aber schon ein Honigklecks ein Unglück«, sagt Wölfchen. »Ich brauche gar nichts zu machen, aber dann kriege ich doch wieder so einen Dong.«
Darunter kann Millie sich zwar nichts Richtiges vorstellen, trotzdem versteht sie alles.
Sie überlegt, wie sie Wölfchen trösten könnte. Wölfchen ist doch fast ihr kleiner Bruder.
»Kennst du Frau Morgenroth?«, fragt sie und hockt sich mit gekreuzten Beinen auf den Boden. »Ach nee, die kannst du ja gar nicht kennen.«
»Ich war ja auch noch nie bei euch«, sagt Wölfchen und setzt sich ebenfalls hin. Er hat weiße Socken an mit grünem Kleeblatt drauf. Millie hat fast vergessen, dass Wölfchen noch nicht hier gewesen ist. Ihr ist nämlich jetzt schon, als wäre Wölfchen bereits seit zehn Tagen bei ihnen. Oder seit zehn Wochen. Oder noch länger.

»Frau Morgenroth hat den Florian gehabt«, erzählt sie. »Der Florian war ihr Hund. Eines Tages ist der Florian gestorben, und Frau Morgenroth hat geheult und geheult und geheult. Das war ein großes Unglück für sie. So ein Dong. Sie hat sich dann gewünscht, dass er richtig begraben wird, weißt du, wie ein Mensch. Und jetzt liegt der Florian bei uns im Garten, aber das darf keiner wissen, und deswegen ist es ein Geheimnis.«
Wölfchen hat atemlos zugehört.
Nach Millies Geschichte gibt es eine Pause. Es ist ganz still. Und mit einem Mal sagt Wölfchen: »Ich habe auch ein Geheimnis.«
»Erzähl schon«, fordert Millie ihn auf und rückt ein Stückchen näher an Wölfchen ran.
»Manchmal hau ich einfach ab«, sagt er.
»Aber warum denn?«
»Weil meine Mama sagt, dass ich grüne Bohnen essen muss«, sagt Wölfchen.
»Nee«, sagt Millie. Grüne Bohnen sind zwar nicht gerade ihr Lieblingsessen, aber zum Abhauen reicht es nicht.
»Doch«, sagt Wölfchen.
»Und wohin haust du dann ab?«

»Einmal bin ich unter die Treppe ins Kabüffchen gegangen«, sagt Wölfchen. »Da hat sie mich aber schnell gefunden.«
»Deine Mama?« Wölfchen nickt.
»Das war ja auch nicht weit weg«, sagt Millie. »Und wohin bist du noch abgehauen?«
»Dann bin ich lieber rausgegangen und habe mich neben die Kellertreppe gesetzt.«
»Hat dich deine Mama da auch gefunden?«, will Millie wissen.
»Ja«, sagt Wölfchen. »Aber es hat länger gedauert. Zuerst hat sie wieder ins Kabüffchen geguckt.«
»Und beim dritten Mal?«, fragt Millie. »Wohin bist du da abgehauen?«
»Da wollte ich nach gegenüber laufen. Die haben einen Hund. Der ist immer draußen in so einem Gefängnis aus Draht. Es gibt aber eine Tür und man kann hineingehen.«
»Toll«, sagt Millie. »Und was hat der Hund gemacht?«
»Nichts«, sagt Wölfchen. »Ich hab Schiss bekommen.«
»Und jetzt?«, fragt Millie. »Was machst du, wenn es grüne Bohnen gibt? Isst du sie?«

»Nee«, sagt Wölfchen. »Nie. Oder ich hau ab.«
Oje. Millie weiß auch nicht, wie sie Wölfchen helfen soll. Sie kann ihn auch nicht richtig trösten. Ihn in den Arm nehmen. Oder küssen. Das geht nicht. Was würde er von ihr denken? Sie kann ihn nur lieb anschauen. Und ihr ist, als hätten sie sich gerade ihr ganzes Leben erzählt. Jetzt werden sie aber beide vermisst. Es gibt Geschenke. Na klar, Besuch muss was mitbringen!
Was werden Millie und Trudel denn bekommen?
Wölfchens Mama überreicht Millie mit Geklimper und Geklirr eine blöde Handtasche aus braunem Plastikleder.
Ein Rucksäckchen wäre besser gewesen.
Oder eine kleine Mundharmonika.
Millie fallen tausend Sachen ein, die besser gewesen wären.
Sogar eine blöde Handtasche aus rotem Plastikleder wäre besser gewesen.
Was bekommt Trudel?
Trudel kriegt bunte Wachs-

malstifte und einen türkisfarbenen Bleistiftanspitzer geschenkt. Der hat zwei Einstecklöcher und ist gebogen wie eine Welle.
Trudel versucht, ihre Finger in die Löcher zu stecken. Wenn das funktioniert, wird sie sich aber wundern! »Wenn du den Spitzer nicht gebrauchen kannst, nehme ich ihn gerne für die Schule«, sagt Millie.
Aber Trudel versteckt den Anspitzer hinter ihrem Rücken. Millies Vorschlag hat ihr wohl nicht so gut gefallen.
Es gibt auch ein Geschenk für Wölfchen.
Millie hat es mit ausgesucht.
Es ist … es ist … eine kleine Mundharmonika.
Wie glücklich Wölfchen jetzt ist! Das hat Millie sich ja gedacht.
Wölfchen macht vor lauter Freude einen kleinen Hopser in die Luft.
Leider trägt er an den Füßen nur seine Kleeblattsöckchen. Das ist er nicht gewöhnt.
Er rutscht aus und plumpst nach hinten.
»Mein Gott, dieser Junge«, sagt Wölfchens Mama. Vor lauter Bestürzung schlägt sie ihre Hände zusammen, dass es klimpert und klirrt.

»Was bist du für ein Schaf! Musst du denn immer alles falsch machen?«
»Aber das ist doch nur Pups«, sagt Millie laut.
Einen Moment lang ist es ganz still. Und in die Stille hinein sagt Trudel, was sie von Millie neu gelernt hat: »Pups.«
Da kann man nicht anders als lachen.
»Thema erledigt«, sagt Papa.
Aber lachen ist noch erlaubt. Jeder lacht ein bisschen anders. Und Wölfchen am lautesten. Der hat ja auch sonst nichts zu lachen.

Der Dosenmann

Nach dem Mittagessen, das heute ein sehr spätes und ausgiebiges Mittagessen war, wird Trudel ins Bett gepackt. Sie ist schon ganz weinerlich und sehr ungezogen gewesen. Daran merkt man, dass es längst über der Zeit ist.
Trudel hat mit der Hand in die Salatschüssel gegriffen, patsch, und sie hat sich das Schokoladeneis, das es zum Nachtisch gab, in die Haare geschmiert.
Wölfchens Eltern haben entsetzt geguckt. Aber Papa und Mama haben nicht geschimpft, weil sie wussten, dass Trudel eigentlich keine Schuld hat. Nur ihre Hände waren so böse, Trudels Kopf hat eigentlich schon gepennt.
Als Trudel endlich eingeschlafen ist, dürfen Millie und Wölfchen auf die Kirmes gehen. Es ist mittlerweile schon fast drei Uhr.
Wölfchens Eltern haben ziemlichen Schiss.

»Unser Junge war noch nie alleine auf dem Rummelplatz«, sagen sie. Aber er ist doch gar nicht alleine. Millie ist doch bei ihm.
Millies Papa beruhigt Wölfchens Eltern. »Es ist gar keine richtige Kirmes«, sagt er. »Es ist so ein Kinderrummel mit Ponyreiten und Feuerwehrauto. Und der Festplatz ist gleich nebenan nur ein paar Meter weiter aufgebaut.«
»Hinter der Mäusewiese«, erklärt Millie.
Wenn man die Tür aufmacht, kann man den Rummelplatz von zu Hause aus sehen. Auch die Horden von Leuten, die bereits vorüberziehen. Bille und Mario. Und da ganz hinten kommt Kucki an. Man kann sie schon von weitem sehen. Weil Kucki nicht die Dünnste ist. Sie nimmt viel Platz ein. Sie ist doppelt so breit wie Millie.
Und nun kommt gerade Jocko vorbei.
»Hey«, sagt er.
»Hey«, sagt Millie. »Mama, das ist Jocko.«
»Das ist Jocko?«
»Ja, das ist der mit den Bienen-Anzeigen.«
»Ach, genau, das wollte ich doch gerne wissen«, sagt Mama. »Was hat Millie mir da erzählt?«

»Moment noch«, sagt Jocko, zieht sein Handy aus der Tasche und drückt auf einen Knopf.

»Hallo, Papa«, ruft er. »Ja, ich bin gleich auf dem Festplatz, aber jetzt stehe ich vor dem Haus von Millie. Damit du Bescheid weißt.«

Dann nimmt er das Handy vom Ohr und erklärt: »Ich rufe immer meinen Vater an und sage, wo ich gerade bin.«

»Das ist aber nett von dir«, sagt Mama.

Sie befinden sich noch alle oben auf dem Treppenabsatz vor der Haustür, und Jocko steht unten. Jetzt hält er sich das Telefon wieder ans Ohr.

»Ja, Millie. Wer das ist?«, ruft er ins Handy. »Die hat dir doch den Vogel gezeigt, weißt du noch?«

»Was ist denn das für eine Geschichte?«, fragt Papa.

»Och«, sagt Millie.

Zum Glück ist Jocko in diesem Moment mit seinem Telefonat fertig. Er übernimmt es, Papa und Mama die Sache von gestern zu erklären.

»Mein Vater hat es immer sehr eilig«, sagt er. »Er ist Immobilienhändler.«
»Er verkauft also Häuser«, sagt Papa.
»Ja, und ich helfe ihm, die passenden Adressen aus der Zeitung rauszusuchen. Die Immobilienanzeigen.«
Aha, das sind also die Bienen-Anzeigen. Nicht *Bienen*. Immobilien! Millie wüsste gar nicht, wie man das schreiben sollte.
»Er ist immer unterwegs«, sagt Jocko. »Er fährt sehr schnell. Er hat ständig Termine.«
»Und da hat ihm Millie einen Vogel gezeigt?«, will Papa wissen und sieht sich nach Millie um. Er macht ein Gesicht, als ob er nicht ganz einverstanden wäre.
»Er ist einfach zu schnell gefahren«, sagt Jocko mit einer extra tiefen Stimme, die Papa irgendwie besänftigt. Thema erledigt!
Kucki hat es inzwischen auch bis hierher geschafft, schnauf, schnauf. Die Straße führt nach dem Tal am Grünstreifen wieder bergan. Kucki atmet wie eine Lokomotive.
Aber bis zum Rummelplatz ist es nun nicht mehr weit. Tschüs, Mami.
Tschüs, Papi.

Beide drücken Millie einen Geldschein und ein paar Münzen in die Hand. Wie sollte sie denn auch sonst die Kirmessachen bezahlen können? Ihr Taschengeld ist viel zu schade.
Es ist mühsam, den Fußweg hochzumarschieren. Links neben Millie geht Wölfchen und rechts will Jocko laufen. Es gibt jedoch nicht genug Platz für drei Leute. Millie wird ja zerquetscht! Oder ihr Arm reibt immer an Jockos Arm. Aber dafür kennt sie Jocko noch nicht gut genug.
Millie würde auch lieber neben Kucki gehen. Jetzt muss sie nach vorne laufen und nach hinten schauen, um mit ihrer Freundin zu reden. Das ist blöd. Aber es ist auch gut, denn so sieht sie rechtzeitig, dass Wölfchens Vater in der Haustür auftaucht und ihnen winkt.
»Wartet mal«, sagt Millie und bleibt stehen.
»Was will denn dein Papa?«, fragt Millie.
Wölfchen zuckt mit den Schultern.
Und wer hat Lust, noch einmal nach Hause zu laufen? »Hat er denn kein Handy?«
Mensch, Jocko, man kann auch ohne Telefon auskommen! Millie nimmt Wölfchen an die

Hand und rennt mit ihm zurück. Kucki folgt. Jocko ebenso.
Der Papa von Wölfchen will ihm auch Geld in die Hand drücken. Das hatte er vergessen! Wie kann man denn so was vergessen? Die Mama von Wölfchen ist doch bestimmt Millionärin. Sie hat so viel Goldklunker an sich hängen, dass sie nicht einmal im Lotto gewinnen müsste, um reich zu sein.
Es wäre nicht so schlimm gewesen, wenn Wölfchen kein Geld gehabt hätte. Millie ist es gewöhnt zu teilen. Wegen Trudel! Aber natürlich ist es besser, wenn jeder Geld hat. Jeder für sich oder alles für alle. Mal gucken, wie sie es machen werden.
Oben am Rummelplatz wartet der Uhu.
Und ein wenig abseits stehen Gus und Wulle. Können die Millie nicht mal in Frieden lassen?
Na, erst mal schauen, was hier alles so los ist. Was haben die Kirmesleute denn so aufgebaut?
Ein Kräuterbonbonhäuschen.
Eine Schießbude.
Einmal Pony reiten.

Ein Karussell mit Feuerwehr und Holzpferden.
Eine Würstchenbude.
Ein Dosenwurfzelt.
Das ist nichts Besonderes.
Das Besondere ist die Marsrakete, ein Rakete nrundschleuderdingsbums. Wenn man damit fährt, wird man garantiert kotzen müssen.
Besonders ist auch die Geisterbahn. Millie wird da nie im Leben einsteigen.
Noch was Besonderes? Ja! Das Drehding mit Zeppelinklopsen. Und was kann man da gewinnen? Pralinenkästen! Das Allerbesonderste ist jedoch die Losbude mit den silbergraublauen Delphinen.
Die Delphine gibt es in drei Größen. In klein, in mittel und in groß.
Der große Delphin ist zu groß. Mit dem würde Trudel ständig schmusen wollen.
Der kleine Delphin ist zu klein. Er ist so groß wie ein Hamburger, und man kann nichts damit anfangen. Man kann ihn nicht mal essen.
Der mittelgroße Delphin ist richtig. Millies sämtliche Puppen würden drauf reiten

können. Sie könnten sich an ihm festhalten und durch die Weltmeere schwimmen. Durch den Atlantik, durch den Langener Waldsee und durch den Ärmelkanal.
Millie kommt ins Träumen.
Neben der Losbude ist die Schießbude aufgebaut. In der Schießbude gibt es Rosen und Schornsteinfeger und Bücherwürmer zu gewinnen. Man muss sie abschießen. Aber schießen dürfen nur Erwachsene.
Gus hat sich neben Millie gedrängt.
»Soll ich dir mal eine Rose schießen?«, fragt er.
»Einen Delphin«, sagt Millie, obwohl es hier gar keine Delphine zu gewinnen gibt.
»Nee, eine Rose«, sagt Gus.
Er geht tatsächlich zum Schießstand hin.
»Gib mir mal ein Gewehr«, sagt er zu dem Mann hinter der Theke.
»Du willst doch wohl nicht schießen«, meint der Mann.
»Doch«, sagt Gus. »Gib mir mal ein Gewehr. Ich schieße jetzt eine Rose ab.«
Der Mann bewegt sich nicht von der Stelle.
»Schießen dürfen nur Erwachsene ab achtzehn Jahren.«

Das hat Millie doch gewusst!
Und was macht Gus?
Gus sagt: »Ich bin achtzehn.«
Da lachen ja die Hühner.
Der Mann sagt: »Du bist erst acht, Freundchen.«
»Ich bin schon neun«, protestiert Gus.
»Verpiss dich, Freundchen«, sagt der Mann.
»Hey, hey!«, sagt Gus. Er will frech werden, aber es nützt ihm nichts. Er muss sich verdrücken.
Gus haut ab, und Wulle guckt ihm nach. Er weiß nicht so recht, was er tun soll. Muss er Gus hinterherlaufen, oder soll er in Millies Truppe bleiben?
Millie will jetzt Eis essen. Das steckt an. Alle wollen ein Eis essen. Auch Wulle.
Während sie an der Eiscreme lecken, können sie in Ruhe überlegen, was als Nächstes drankommt. Vielleicht das Dosenwurfzelt. Dort gibt es schöne Kristallvasen, die Mama gebrauchen könnte.
Alle wollen jetzt für ihre Mama eine Kristallvase haben. Nur Jocko nicht.
Er sagt: »Ich habe keine Mutter.«

Das gibt es doch nicht! Jeder hat eine Mutter. Auch wenn es eine dusselige Mutter ist wie die von Wölfchen. Aber Millie kann Jocko jetzt nicht ausfragen. Und er hat doch einen Vater, der ist so viel wert wie zwei Väter. Schon wieder telefoniert Jocko mit ihm. »Hallo, Papa. Ich bin jetzt kurz vor der Wurfbude. Alles in Ordnung. Bis später. Tschüs.«
Er hält Millie sein Handy hin. »Willst du auch mal mit zu Hause telefonieren? Kannst du ruhig. Hier.«
»Nee«, sagt Millie.
»Du kannst ja sagen, wo du bist.«
»Die wissen doch, wo ich bin«, sagt Millie.
»Oder wann du nach Hause kommst«, sagt Jocko.
»Ich komme schon rechtzeitig nach Hause.«
Millie hat nicht vor, auf dem Rummelplatz zu übernachten. Sie weiß, was sie darf und was nicht. Na, meistens jedenfalls. Sie weiß auch, was sie tun muss. Zum Beispiel, eine Kleinigkeit für Trudel mitbringen. Ein Lebkuchenherz oder eine Tüte Kräuterbonbons oder weiß und rosa Mäusespeck. Aber nun geben sie erst mal ihr Geld beim

Dosenwerfen aus. Das muss pickepacke leicht sein.
Die Bälle zum Werfen sind aus Stoff genäht. Sie fliegen oft nicht mal bis zur Dosenpyramide hin. Das ist Betrug. So viel Muckis kann gar keiner haben, dass er es schafft, mit so einem federleichten Ball den aufgebauten Blechturm umzuhauen. Millie schafft das nicht. Wölfchen auch nicht. Sie geben ganz schnell auf. Das Geld dafür ist futsch.
Kucki fängt mit dem Werfen gar nicht erst an. Sie hat sich ein zweites Eis gekauft und lutscht genüsslich an der Waffel.
Aber Wulle hat sich regelrecht darin verbissen, die Dosen vom Regal zu fegen. Um eine Vase zu gewinnen, muss er die ganze Pyramide umhauen. Das sind fünfzehn Büchsen.
Millie hat gar nicht gewusst, dass Wulle so ehrgeizig sein kann. Sonst, wenn er Gus an seiner Seite hat, ist er wischiwaschi.
Es gefällt Millie, dass Wulle auf einmal Biss zeigt. Aber wenn er nicht gewinnt, nützt der Biss ihm gar nichts. Wenn Wulle

die Pyramide jetzt nicht umhaut, wird er vielleicht aufgeben und für den Rest seines Lebens denken, dass er ein Waschlappen ist. Das könnte passieren. So ist es ja auch mit Wölfchen. Der wartet doch auch die ganze Zeit darauf, dass er wieder so einen Dong kriegt. Wulle hat die Pyramide getroffen. Ja, vier Dosen sind runtergeplumpst. Aber eine davon ist wieder auf dem Regal gelandet. Auf die muss Wulle noch einmal pfeffern.

Eine einzelne Dose runterzuschießen, ist noch viel schwieriger, als der Pyramide mitten in den Bauch zu feuern. Das hat der sich fein ausgedacht, der Dosenmann, der hinter der Theke steht und mit unbeweglichem Gesicht zusieht, wie die Leute sich abmühen.

Man kann gar nicht alle Büchsen vom Regal hauen! Das kostet immer wieder Geld. Bis nichts mehr da ist.

Die Dosenpyramide steht auf einem Regal mit blauer Tischdecke drunter. Hinter dem Regal hängt der Vorhang vom Zelt. Er ist aus Stoff, damit die weggeschleuderten Dosen keinen Lärm machen. Der Zeltstoff ist auch dunkelblau.

Millie hat eine Idee. Manchmal hat sie so gute Ideen, dass sie die am liebsten in die Welt hinausposaunen möchte.
Nee, Klappe halten.
Millie schleicht sich um das Dosenwurfzelt herum. Durch den dunkelblauen Vorhang schimmert das Licht. Sie kann sehen, was sich vor der Theke abspielt. Da stehen sie alle beieinander. Jocko und der Uhu. Kucki, Wölfchen. Und Wulle natürlich. Der gibt nicht auf.
Der Dosenmann wendet Millie den Rücken zu. Das ist gut. Da kann er nichts merken. Millie geht in die Hocke. Mit einer Hand hebt sie den Vorhang hoch. Nur etwas. Gerade so viel, dass sie ihren Kopf unten durchstecken kann. Sie muss fast platt auf dem Boden liegen. Deshalb wird sie nachher wie ein Schwein aussehen.
Kriegt sie Schimpfe deswegen?
Aber nein. Doch nicht wegen so was.
Niemand wird Millie sehen können. Weil die Tischdecke vom Regal vorne auch bis auf den Boden reicht.
Alles prima.

Millies rechte Hand kriecht jetzt vorwärts. Sie bekommt die Tischdecke hinten zu fassen. Jetzt muss Wulle nur noch einmal richtig zielen. Nur ein einziges Mal!
Wulle hat noch drei Bälle in der Pfote. Er wirft. Er zielt so schlecht, dass der Ball fast hinter ihn fällt. So ist ihm nicht zu helfen.
Der zweite Ball fliegt nach links, dem Dosenmann genau auf den Nuschel. Er kann aber schnell reagieren und fängt ihn ab, damit der Ball nicht doch noch auf die Dosen knallt.
Mensch, Junge, nun mach mal, du hast noch eine Chance.
Wulle schleudert seinen letzten Ball. Es ist kein toller Wurf, aber es genügt. Dic schon angeschlagene Pyramide scheppert ein wenig. Getroffen. Aber bevor wieder nur drei Dosen auf dem Boden landen, hat Millie schon an der Tischdecke gezogen. Nur ein bisschen, gerade so viel, dass alle Büchsen schön über die Kante nach hinten sausen.
Volltreffer!

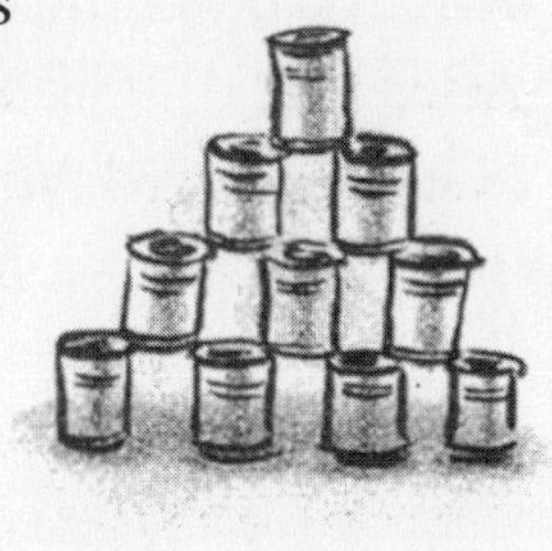

Das Geschrei vor der Theke ist groß. Wulle

brüllt am lautesten. Und Millie macht, dass sie wegkommt. Mit dem Dosenmann wird jetzt nicht zu spaßen sein.
Als Millie das Zelt wieder umrundet hat, hält Wulle schon seine Kristallvase im Arm. Und der Dosenmann baut zähneknirschend eine neue Pyramide auf.
Wie Wulle strahlt!
In diesem Moment ist er der glücklichste Mensch auf der Welt. Millie denkt, dass er es in Zukunft bestimmt mit jedem Dosenmann aufnehmen wird. Vielleicht auch mit Gus. Abwarten!
Und? War das nicht eine gute Idee von Millie?
Leider darf sie nie ein Wort darüber zu Wulle sagen. Dann wäre alles umsonst gewesen. Dann würde er nicht mehr denken, dass er mindestens so toll sein kann wie Gus. Auch ohne Großmaul.
Aber Kucki ... Kucki wird sie bald alles erzählen. Die kann nämlich schweigen wie ein Grab.

Das Gespenst

Seitdem Wulle die Kristallvase für seine Mama errungen hat, ist er an der Kirmes nicht mehr interessiert. Oder er hat Schiss, dass das gute Stück kaputtgehen könnte. Auch wahr. Aber noch wahrer ist, dass er kein Geld mehr hat. Alles verschossen.
Es macht Wulle nichts aus. Er muss seiner Mama die Vase bringen.
»Hört mal, wie sie klingt«, sagt er und schnippt mit zwei Fingern gegen das Kristallglas.
Stimmt. Ein toller Ton.
»C-Dur«, sagt Wulle.
Ob das stimmt? Aber er wird's schon wissen. Seine Mama ist nämlich Sängerin, und Musik fängt immer mit C-Dur an. Das weiß sogar Millie.
Tschüs, Wulle.
Millie sieht ihm nach. Es wurmt sie doch

ein wenig, dass sie nicht sagen kann, sie habe die Vase mitgewonnen. Etwas für sich zu behalten heißt, dass man fast an dem Geheimnis erstickt.
Und nun sind sie von sieben Kindern nur noch fünf. Mal gucken, was noch so los ist. Huh! Da ist die Geisterbahn. Sie hat zwei Stockwerke und oben rechts den Eingang. Gleich neben dem Kopf vom grünen Gespenst.
Und man fährt in einem Wagen, in dem nur zwei Leute Platz haben. Auf der Kirmes ist fast alles für zwei Leute gemacht. Das Kettenkarussell. Das Raketenrundschleuder-dingsbums. Die Berg- und Talbahn mit Verdeck.
Bei der Geisterbahn fährt der Wagen oben rein und man kommt unten wieder raus. Wenn man rauskommt!
Jocko sagt: »Fährst du mit mir Geisterbahn? Ich lade dich auch ein.«
Noch bevor Millie antworten kann, sagt der Uhu: »Spinnst du? Ich weiß schon, was du willst. Du willst mit Millie Händchen halten und sie im Dunkeln küssen.«

»Ich will nur mit ihr Geisterbahn fahren«, behauptet Jocko.
»Das kann ja jeder sagen«, meint der Uhu.
Ach, der Uhu hat nur seine eigenen Gedanken ausgesprochen. Dem kann man nicht trauen.
Aber ob man Jocko trauen kann?
Und ob sich Millie überhaupt in die Geisterbahn hineinwagt? Keiner fragt sich das. Sie denken alle, Millie macht das schon.
Eigentlich möchte Millie nicht Geisterbahn fahren. Sie macht sich allein schon bei dem Gedanken fast in die Hose.
Wölfchen sagt: »Ich würde da nicht reingehen.«
Ja, Wölfchen, Millie würde eigentlich auch nicht, aber manchmal muss man eben schreckliche Sachen machen, damit alle Leute denken, man ist groß und stark. Was kann denn schon passieren? Außer dass Jocko sie wirklich küssen will. Aber das soll er mal probieren. Er bekäme gleich eine geschallert.
Millie sagt: »Okay. Wir fahren Geisterbahn. Aber jeder bezahlt für sich.«
»Ja, schon gut«, sagt Jocko.

Der Uhu windet sich vor Schmerzen.
»O Mannomannomann«, stöhnt er.
Was hat er denn?
Ach ja, das nennt man wohl Eifersucht.
Blödmann.
Mit ihren Fahrkarten laufen Millie und Jocko die Treppe hoch. Dort oben müssen sie warten. Viele Leute stehen hier im Stau. Alle sind zu zweit. Manche halten tatsächlich Händchen. Das würde Millie nie tun. Nicht mit Jocko.
Der muss nun wieder seinen Vater anrufen.
»Hallo, Papa. Wir sind jetzt bei der Geisterbahn. Ja, alles in Ordnung. Nö, zum Abendbrot hätte ich lieber Pommes und Currywurst. Okay. Tschüs, Papa.«
Millie hat gar nicht gewusst, dass telefonieren so nervig sein kann. Jocko nervt ganz schön.
Oh, jetzt sind sie dran. Jocko springt als Erster rein und will sich auf die rechte Seite setzen.
»Nee, komm noch mal da raus«, sagt Millie.
»Ich will mich lieber dort hinsetzen.«
»Warum?«
»Darum.«

Warum? Das muss sie Jocko nicht auf die Nase binden. Millie ist Rechtshänderin. Ihre rechte Hand ist die mit Schmackes drin. Also muss sie auf der richtigen Seite sitzen, damit sie Jocko notfalls eine schallern kann. Mit Schmackes. Falls der Uhu recht haben sollte.
Kurz bevor die Fahrt losgeht, drückt der Fahrkartenmann eine Haltestange vor ihren Bauch.
»Festhalten«, sagt Jocko. »Halt dich bloß dran fest.«
Was Jocko sagt, macht Millie noch lange nicht. Und schon zuckelt der Wagen los. Fährt an dem großen, grünen Gespenst vorbei und verschwindet langsam im Innern. Poah, ist das dunkel hier. Nix zu sehen.
»Hilfe!«
Blitz und Donnerschlag.
Millie ist ganz schön zusammengezuckt. Fast hätte sie sich an Jocko festgeklammert.
Jetzt wischt etwas Langes, Kribbeliges über ihr Gesicht. »Hilfe! Mama! Hilfe!«
»Halt dich fest«, brüllt Jocko. »Halt dich bloß fest.«

Ja, gut, Millie greift nach der Haltestange.
Wer weiß, was noch kommt.
Huah!
Vor ihnen springt ein leuchtendes Skelett mitten in den Weg.

Huah!
»Mama!«
Jocko sagt nichts. Ach, er kann ja auch nicht nach seiner Mama rufen, wenn er keine hat.
Jetzt saust der Wagen pfeilschnell in den Abgrund. Aber mit Tempo hundert!
Und die Geister heulen.
Und die Fledermäuse fliegen.
Und die Vampire lachen!
»Hilfe! Mama! Hilfe!«
Und das Entsetzlichste ist, dass der Wagen unten, nachdem sie in den Abgrund gerast

sind, einfach stehen bleibt. Direkt vor einem riesenhaften Gespenst.
Die Augen glühen.
Die Gelenke klappern.
Und jetzt hebt das Gespenst die Arme.
Spinnweben hängen über dem weißen Gewand.
Und warum fährt der Wagen nicht weiter?
Soll sich Millie tatsächlich in die Hose machen? Soll sie? Soll sie?
Das Gespenst kommt angeschlichen. Es greift mit durchsichtigen Händen nach Millie.
Millie schreit. Sie rutscht näher an Jocko heran. Hat sie sich nun etwa auf seine Jacke gesetzt? Unter ihrem Po spürt sie einen Huckel.
Keine Zeit nachzudenken. Das Gespenst!
Huah!
Millie schließt die Augen und drückt ihren Kopf gegen Jockos Schulter.
Jocko legt den Arm um sie.
Mehr nicht!
Wirklich nicht!
Millie flüstert: »Ruf doch schnell mal deinen Papa an.«

»Ich kann nicht«, sagt Jocko. »Du sitzt auf meinem Handy.«
Trotzdem wird sich Millie keinen Millimeter bewegen. Auf der anderen Seite hockt bestimmt das Gespenst. Wenn sie es berührt, wird sie sterben.
Da ruckelt der Wagen endlich an. Vorsichtig macht Millie ihre Augen auf. Gleichzeitig bekommt sie einen Husch Wasser ins Gesicht. Die kribbeligen Fäden streichen wieder über sie hinweg. Aber das ist alles nichts gegen das Gespenst von eben.

Wenigstens kann sie sich jetzt wieder gerade hinsetzen. Millie umklammert die Haltestange, und Jocko sucht nach seinem Handy.
»Ich kann nichts sehen«, sagt er. »Aber ich könnte den Notruf einschalten.«
Nicht nötig. Alles ist vorbei. Da vorne ist schon das Tageslicht. Kann die blöde Karre nicht mal einen Zahn zulegen? Endlich schiebt sich der Wagen nach draußen. Millie atmet die frische Luft gierig ein.
»Hat dir der Kerl was getan?«, fragt der Uhu und sieht abwechselnd Millie und Jocko an. »Ihr habt ganz rote Köppe.«
Millie zeigt dem Uhu einen Vogel.
Und Jocko kann sie gar nicht ansehen. Dass sie auch so blöd war, sich an seinen Hals zu werfen! Das wird sie nie mehr wieder machen. Weil sie ja auch niemals wieder mit der Geisterbahn fahren wird.
Thema erledigt!

Kucki hat keine Lust, auf der Kirmes richtig loszulegen. Keine Geisterbahn. Kein Raketenrundschleuderdingsbums.
Kucki will nur essen. Nach den zwei Eistüten kauft sie sich noch Zuckerwatte, einen kandierten Apfel, drei Lakritzschnecken und ein Lebkuchenherz. Auf dem Herz steht geschrieben: *Für meinen allerliebsten Liebling.*

Das kann man aber bald nicht mehr lesen, weil das Herz nach ein paar Happen nicht mehr wie ein Herz, sondern wie ein Schweineohr aussieht.

Millie findet das Drehding mit den Zeppelinklopsen interessant.
Bleibt mal alle stehen! Erst zuschauen, wie das funktioniert.
Es funktioniert so: Oben, über der runden Theke, fliegen die Zeppeline. Man kann sie nur zählen, wenn sie anhalten. Wenn sie fliegen, vertut man sich immer. Es sind acht Stück.
Wer mitspielen will, muss erst mal bezahlen. Um überhaupt einen Platz am Tisch zu ergattern, muss man enorm drängeln, mit Ellbogen und Hintern und so.
Jeder, der mitspielt, hat auf der Theke einen Knopf vor sich. Wenn man den drückt, dann lässt der Zeppelin einen Klops fallen.
Der Klops hat unten einen Stachel. Wenn er auf die Theke donnert, pikst der Stachel auf ein Nummernblatt. Die Zahlen gehen von eins bis sechsunddreißig.
Eins ist Mist.
Sechsunddreißig ist gewonnen.
Der Mann mit dem Mikrophon ruft die Gewinner auf. Wer über die Sechsunddreißig hinausgeschossen ist, hat auch verloren.

Wer die höchste Zahl im Spiel getroffen hat, bekommt einen Pralinenkasten. Es gibt die Schachteln mit Rosen oder Nelken oder Veilchen drauf.
Millie hat lange genug zugeschaut. Sie weiß, wie's geht. Das wissen längst nicht alle. Manche haben nicht kapiert, dass der Klops schief runtersegelt. Man darf den Knopf nicht drücken, wenn der Klops genau über sechsunddreißig fliegt. Man muss bei fünf drücken. Der Zeppelin nimmt den Klops nämlich noch ein Stückchen mit.
So, jetzt lasst Millie mal machen. Sie bekommt den Knopf und den Zeppelin mit der Nummer vier.
Ab die Post.
Jetzt ist ihr Luftschiff rechts in der Kurve.
Jetzt ist es auf der anderen Seite.
Jetzt kommt es von links angetrudelt.
Jetzt ist es über der Fünf.
Päng.
Zack.
Der Klops hat sich in die Fünfunddreißig gebohrt.
Ob das reicht?

»Wer hat mehr als fünfunddreißig?«, fragt der Mikrophon-Mann.
Niemand.
»Hier, kleines Fräulein«, sagt der Mann und schiebt Millie einen Kasten Pralinen über den Tisch. Das ist die Schachtel mit der Rose.
Ja, so macht man das. Millie wird erst mal hier am Drehding mit den Zeppelinklopsen bleiben. Wenn sie will, kann sie hundert Pralinenkästen mit nach Hause nehmen.
Wenn das Geld reicht. Noch reicht es dicke.
Kucki muss die Pralinenschachtel halten, denn es geht schon weiter.
Millies Klopszeppelin fliegt los.
Jetzt ist er in der rechten Kurve.
Jetzt ist er auf der anderen Seite.
Jetzt kommt er links um die Kurve und nun ist er über der Fünf.
Päng.
Zack.
Sechsunddreißig!
Na, sieh mal an. Das ist doch ein Kinderspiel!
Millie hat schon zwei Pralinenkästen. Einen mit der Rose und einen mit der Nelke.

Das wird sie jetzt stundenlang so weitermachen.
Nach einer Weile hat Millie schon zwei Rosenkästen und drei Nelkenkästen gewonnen.
Kucki muss beide Hände und ihr Kinn zur Hilfe nehmen, um die Schachteln zu halten.
»Sind das nicht genug?«, stöhnt sie.
Aber es fehlt noch das Veilchen. Und es sind noch lange nicht hundert Schachteln.
Da klingelt das Handy von Jocko. Das ist in dem Moment, als Millies Luftschiff gerade um die Kurve kommt.
»Hallo?«
Millie ist einen Augenblick lang abgelenkt. Sie verpasst die Fünf und der Zeppelin sein Ziel. Der Klops ist über die Sechsunddreißig hinausgeschossen und auf der bloßen Tischplatte gelandet.
Aus der Traum.
»Mensch«, brüllt Millie. »Du gehst mir mit deiner Telefoniererei ganz schön auf den Senkel.«
Ja, solche Meckerei hat Millie von Frau Morgenroth gelernt.
Jocko kapiert nicht, was Millie meint.

»Auf den … was?« Er guckt ganz erschrocken.
»Auf den Senkel«, erklärt Millie. »Du gehst mir auf den Keks. Du nervst.«
»Aber das war mein Papa. Er wartet mit dem Auto unten an der Straße auf mich. Ich muss gehen.«
»Tschau, Baby«, sagt der Uhu.
Wie der sich jetzt freut!
Ein bisschen tut Jocko Millie leid, weil er schon abhauen muss! Aber Millie kann auch nicht mehr weiterspielen. Sie hat keinen Cent mehr in der Tasche.
Da geht er hin, dieser Jocko. Wetten, dass er Millie noch heute Abend zu Hause anrufen wird?
Der Uhu sagt zu Millie: »Jetzt sind wir allein.«
Stimmt gar nicht! Wölfchen und Kucki sind noch da.
»Zwei und zwei sind vier«, sagt Millie. »Du kannst wohl nicht richtig rechnen.«
»Die beiden anderen zählen doch nicht«, sagt der Uhu. »Und was machen wir jetzt?«
Millie kann gar nichts mehr machen. Aber

Wölfchen will sich noch was aussuchen. Er hat noch nix ausprobiert. Wölfchen will Pony reiten.
Im Ponyzelt haben sie den Boden mit Sägespänen bestreut. Es riecht nach Pferdeäpfeln, ein bisschen süß, ein bisschen sauer. Wölfchen will auf dem gelben Pferd mit weißer Mähne reiten. So ein buntes Pony hat Millie noch nie gesehen. Auf seinem Sattel ist ein Metallschild mit Namen angebracht. Das Pferdchen heißt Leo. Millie muss es Wölfchen vorlesen.
Eine Pferdefrau in Jeans und rotem T-Shirt verkauft die Reitkärtchen. Sie hat eine Knallpeitsche unter den Arm geklemmt.
Wölfchen nimmt der Pferdefrau gleich zwei Kärtchen ab. Wird er denn zwei Runden durchstehen können?
»Mach dir deinen Schuh noch mal zu«, sagt Millie, bevor Wölfchen auf Leo zustiefelt. Die Schleife ist nämlich wieder aufgegangen. »Sonst passiert noch was.«
Wölfchen bindet schnell den Schuhriemen neu.
Dann wird's aber Zeit loszurennen. Leo wartet.

Die Pferdefrau hilft Wölfchen aufzusteigen und die Füße in die Steigbügel zu zwängen. Millie hält den Zügel, bis Wölfchen richtig sitzt. Die Pferdefrau riecht auch nach Pferdeäpfeln.

Hinter Leo steht ein schwarzes Pony mit schwarzer Mähne. Es heißt Billy. Es scharrt mit den Hufen, weil es gar nicht erwarten kann, dass es losgeht.

Als alle Reiter im Sattel sitzen, knallt die Pferdefrau mit der Peitsche. Da traben die Ponys los.

Wölfchen hat eine lahme Ente erwischt. Zockel, zockel, zockel. Leo wird noch einschlafen.

Aber Billy! Der hat Feuer unterm Hintern. Er hat keine Lust, immerzu hinter Leo herzulaufen. Millie sieht genau, wie gern der schwarze Billy das bunte Pferdchen überholen würde. Mit der Schnauze ist er schon am Po von Leo, dann an der Seite und jetzt ganz nah an Wölfchens Bein. Wölfchen schaut entsetzt nach unten. Er versucht mit aller Macht, seinen Fuß hochzuziehen, aber der sitzt fest in dem Steigbügel.

Billy kann Leo gar nicht überholen. Er ist ja überall angeleint. Das macht ihn wütend. Er holt mit seinem Kopf aus und beißt in Wölfchens Bein.
Aber da ist die Runde schon zu Ende. Was für ein Glück. Wölfchen wäre sonst noch in Ohnmacht gefallen. Er ist schreckensbleich geworden. Heult er schon?
Lass mal sehen.
Nee, Wölfchen heult noch nicht, aber er ist kurz davor. Ach, Billy wird Wölfchen gar nicht richtig gebissen haben. Das Pony hat nur die Hose erwischt, und die Pferdezähne sind an Wölfchens Bein vorbeigeschrammt. Ein Striemen ist zu sehen. Rote Haut. Eine Schramme so breit wie zwei Pferdezähne.
Millie hat sich hingehockt und Wölfchens Hosenbein hochgeschoben. »Du wirst deswegen doch wohl nicht heulen?«
»Nee«, sagt Wölfchen. Aber er muss ein paarmal heftig schlucken.
»Bist du eigentlich seine Mama?«, fragt der Uhu.
»Du hast keine Ahnung«, sagt Millie und wendet dem Uhu den Rücken zu.

Mit Wölfchen ist noch nicht wieder alles in Ordnung. Wie kann man ihn denn trösten?
»Na, das war wohl wieder so ein Dong«, sagt Millie.
Wölfchen nickt. Millie hat alles richtig verstanden.
»Vielleicht bist du ein Montagskind«, sagt sie. »Das gibt es. Wenn dir immer so viel passiert.«
»Was ist ein Montagskind?«, fragt Wölfchen.
»Das ist wie bei den Autos«, sagt Millie. »Tante Gertrud hatte mal ein Montagsauto. Es war nagelneu, aber es ist immer was passiert. Dies kaputt und das kaputt. Das Auto musste dauernd repariert werden. Es war eben ein Montagsauto. Und vielleicht bist du so ein Montagskind.«
»Und was hat die Tante dann mit dem Auto gemacht?«, will Wölfchen wissen.
»Tante Gertrud? Sie hat es zurückgegeben«, sagt Millie.

Wölfchen reitet keine weitere Runde im Ponyzelt. Er gibt Millie die zweite Karte. Wird sie auf dem gelben Leo reiten?
Nein.
Sie nimmt sich den schwarzen Billy.
Doch das Reiten ist kein Vergnügen. Das wilde Pony ruckelt und zuckelt so sehr, dass Millie denkt, all ihre Knochen werden durcheinandergeworfen. Am Schluss lässt es sogar noch einen Haufen Pferdeäpfel fallen. Fast schämt sich Millie dafür.
Und die arme Kucki muss die ganze Zeit über die Pralinenschachteln halten.
Macht sie doch gerne!
Es ist spät geworden. Auf dem Weg zum Ausgang des Rummelplatzes kommen sie am Raketenrundschleuderdingsbums vorbei. Hoffentlich kommt der Uhu nicht noch auf komische Gedanken!

Kommt er doch.
»Bitte, Millie, bitte. Fahr einmal mit mir in der Marsrakete.«
In dem Schleuderdingsbums?
Nie im Leben.
»Oder in der Berg- und Talbahn?«
Wo das Verdeck runtergeht? Nie im Leben.
»Bitte, Millie, bitte.«
Sie ist doch nicht bekloppt. Der Uhu ist so einer … der würde sie noch küssen, wenn es dunkel wird oder sie nicht abhauen kann. Der ist nämlich ganz verrückt nach ihr.
»Niemals«, sagt Millie.
»Wir können auch getrennt bezahlen«, sagt der Uhu.
Jetzt wird sie ihm mal Bescheid sagen! Was der sich einbildet!
Sie dreht sich zu ihm um. Hach, er hat ja immer noch diese dicke Beule auf der Stirn. In der Mitte ist sie grün und am Rand schon gelb geworden. Auweia, das wird doch ganz schön wehgetan haben.
All die schlimmen Wörter, die Millie dem Uhu ins Gesicht schleudern will, verfliegen im Nu.

Sie sagt einfach nur: »Ich hab ja gar kein Geld mehr.«
»Und wenn ich dich einlade?«
»Ich lass mir nichts schenken«, sagt Millie.
»Ich könnte dir was leihen«, schlägt der Uhu vor.
»Vielen Dank«, sagt Millie und meint: nein danke.
Da kommen sie an der Losbude vorbei. Das ist der Stand mit den Delphinen. Oh ja, so ein mittelgroßer Delphin, das wäre Millies Liebling.

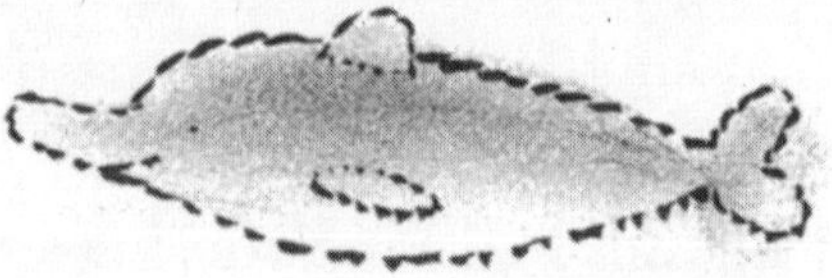

Aber Millie hat kein Geld mehr in der Tasche.
»Du könntest mir was leihen?«, fragt sie den Uhu, als hätte sie ihn eben nicht richtig verstanden.
»Ja«, jubelt der Uhu. »Ja, klar, das mach ich.«
»Vielen Dank«, sagt Millie und meint: ja, danke.
»Marsrakete?«, fragt der Uhu.

»Losbude«, sagt Millie und hält die Hand auf. »Und morgen bekommst du das Geld zurück. Versprochen.«
Der Uhu kann gar nicht anders, als ihr das Geld für fünf Lose zu geben. Bei fünf Losen gilt nämlich ein Sonderpreis.
Die Lose verkaufen zwei Männer mit Glatzköpfen. Auch der Mann mit dem Mikrophon, der oben auf einem Podest die Preise verteilt und in einem grünen Strampelanzug steckt, ist ein Glatzkopf.
Glatzköpfe sehen aus wie Wurmköpfe.
Zu welchem Wurm soll Millie denn mal gehen?
Wo sind die Hauptgewinne drin?
Im gelben Eimer oder im roten Eimer?
Millie geht zu dem Gelbwurm. Sie wühlt im Eimer herum. Kann man fühlen, in welchem Los ein Hauptgewinn steckt? Dass Millie einen Hauptgewinn braucht, ist klar. Beim Hauptgewinn hat man freie Auswahl.
Millie fischt sich ein Los von oben, zwei aus der Mitte und zwei von ganz unten heraus.
»Soll ich dir beim Öffnen helfen?«, fragt der Uhu.

Millie schüttelt den Kopf. Und Kucki kann ihr sowieso nicht helfen, die muss wieder die Pralinenkästen halten. Ihr wird schon das Wasser im Mund zusammenlaufen. Wölfchen steht ganz brav an Millies Seite.

Millie reißt das erste Los auf. Das ist gar nicht so einfach, wenn man vorsichtig sein muss und das Papier nicht quer durchratschen will.

Sorgfältig faltet Millie das Los auf.

Da steht ja nichts drauf!

»Niete«, sagt der Uhu.

Die Nieten darf man hier auf den Boden fallen lassen.

Zweites Los.

»Niete«, sagt der Uhu.

Millie wird ganz heiß im Kopf. So gern würde sie einen Delphin mit nach Hause nehmen. Den mittelgroßen Delphin für ihre Puppensammlung.

Wie die Puppen sich freuen würden! Die doofe Lillabetta und Miss Mandarella und all die anderen.

Jetzt ist schon das dritte Los dran.

»Niete«, sagt der Uhu.

Kann der nicht mal die Klappe halten?
Viertes Los.
Bevor Millie das Los auffaltet, schaut sie den Uhu scharf an. Da merkt er endlich, dass er den Schnabel halten soll. Er sagt kein Wort.
Es ist trotzdem eine Niete.
Und das fünfte Los?
Jetzt kommt's drauf an. Millimeter für Millimeter reißt Millie das Los an den Seiten auf. Dann faltet sie das Papier auseinander.
Da steht was drauf!
Was steht denn drauf?
1000 steht da drauf.
Was soll das heißen?
»Tausend«, sagt der Uhu.
»Das ist der Hauptgewinn«, sagt Kucki.
Sie ist kaum zu verstehen, weil sie mit ihrem Kinn die Pralinenschachteln festklemmen muss.
»Was?«, ruft Millie.
»Hauptgewinn«, sagt der Uhu.
Na, hoffentlich.
Jetzt wird Millie

ihren Delphin abholen. Dazu muss sie zu dem Grünwurm gehen. Der beugt sich vom Podest zu ihr herab, schaut sich das Los an und greift zum Mikrophon.
»Meine Damen und Herren«, brüllt er hinein. »Und schon wieder haben wir einen Hauptgewinn! Eine junge Dame hat gewonnen! Komm mal herauf zu mir, junge Dame.« Er zieht Millie an der Hand hoch. Sie kann gar nicht anders, als auf das Podest zu klettern.
»Wie heißt du denn?«, fragt der Grünwurm und hält Millie das Mikrophon ganz nah vor die Schnute.
Millie möchte eigentlich gar nicht sagen, wie sie heißt. Es geht die Leute auf dem Rummelplatz nichts an. Aber sie kann auch auf die Schnelle keinen neuen Namen für sich erfinden. Ihr fallen im Moment nur vier Namen ein: Kucki, Trudel, Wölfchen und der Uhu. Damit kann sie aber nichts anfangen.
Sie muss die Wahrheit sagen.
»Millie«, flüstert sie in das Mikrophon.
»Lauter, bitte, junge Dame«, sagt der Grün-

wurm. »Keine falsche Scham. Du hast den Hauptgewinn gezogen. Herzlichen Glückwunsch.«

Er hält ihr das Mikrophon wieder dicht vor den Mund. Millie schaut in die Runde. Die Leute auf dem Festplatz sehen Millie bewundernd an. Besonders Wölfchen. Er ist restlos begeistert.

Da brüllt sie ihren Namen ins Mikrophon: »Millie!«

»Wunderbar, kleine Millie«, schreit der Grünwurm. »Du hast das große Los gezogen. Und was hast du gewonnen? Ein Krokodil? Einen Teddybären oder einen Seehund? Was werden wir uns denn aussuchen?«

Der fragt vielleicht blödes Zeug. Der Grünwurm hat gar kein Krokodil, keinen Teddybär und auch keinen Seehund zur Auswahl. Er hat sowieso nur Delphine.

Wir suchen uns also einen Delphin aus, Blödwurm.

Der Grünwurm greift nach einem Delphin. Es ist der falsche. Millie will keinen großen Delphin. Sie möchte einen mittelgroßen.

Sie schüttelt den Kopf.

»Was?«, brüllt der Grünwurm. »Du willst keinen Delphin, mein Mädchen?«
»Doch«, sagt Millie und wird ziemlich wütend. Sie ist nicht sein Mädchen.
»Aber ich will nicht den da«, sagt sie und weist mit dem Kopf auf den großen Delphin im Arm des Grünwurms.
»Ach, der gefällt dir wohl nicht, meine Süße«, sagt der Grünwurm und nimmt sich einen anderen Delphin vom Regal.
Der Grünwurm ist noch schlimmer als der Uhu. So darf sie höchstens Papa nennen. Meine Süße! Der Grünwurm hat sie wohl nicht alle. Millie schüttelt wieder den Kopf. »Ja, was willst du denn?«, fragt der Grünwurm und sagt zu den Leuten vor der Losbude: »Wir haben es hier mit einer schwierigen kleinen Dame zu tun, meine Herrschaften.«
Blablablablabla.
Damit der Grünwurm endlich kapiert, dass freie Auswahl freie Auswahl ist, sagt Millie: »Ich will nicht das große Ding da, sondern einen mittelgroßen Delphin.«
Der Grünwurm ist ziemlich baff. Einen

Moment lang weiß er nicht, was er sagen soll. Dann hat er es kapiert.
»Freie Auswahl ist freie Auswahl«, sagt er und zuckt mit der Schulter. Endlich überreicht er Millie den richtigen Delphin. Mittelgroß. Silbergraublau. Millies Liebling.
Kucki strahlt Millie an, als ihre Freundin wieder neben ihr steht. Sie muss die Pralinenkästen aber leider noch bis nach Hause tragen. Millie hat keine Hand frei.
Ach nein, das machen wir anders. Kucki trägt drei Schachteln und Wölfchen zwei. Das wird doch wohl glattgehen? Kein Dong oder so?
Der Uhu versteht Millie nicht. »Warum … warum …«, beginnt er und findet keine Worte.
»Hältst du mich für doof?«, fragt Millie.
»Nee«, sagt der Uhu schnell.
Glück gehabt. Er hätte es sich sonst noch für alle Zeiten mit Millie verdorben.
Weil Kucki so eine treue Seele ist, schenkt Millie ihr einen Rosenkasten.
»Aber nicht gleich alles auffuttern«, sagt sie. »Sonst kriegst du Bauchschmerzen und kannst morgen nicht mitmachen.«

»Was ist morgen?«, fragt Kucki und schaut sehnsüchtig auf die Pralinenschachtel.
»Bobby-Car-Rennen«, sagt Millie.
»Ach ja.«
»Um zehn Uhr«, sagt der Uhu. »Nicht vergessen.«
»Dann kriegst du auch dein Geld zurück«, sagt Millie.
»Ich hätt's dir auch geschenkt«, sagt der Uhu.
Das weiß Millie. Aber beim Uhu muss man aufpassen. Der will dann doch noch was dafür haben.
Und jetzt gibt's zu Hause Geschenke. Pralinenschachteln. Die reichen genau für die vier Erwachsenen.
»Und hast du auch an Trudel gedacht?«, fragt Papa.
Ojemine. Millie hat die Kleinigkeit für Trudel vergessen. Was nun?
Soll sie sagen, sie hat vier Lose für Trudel gezogen? Leider waren es nur Nieten.
Soll sie sagen, sie hat für Trudel Eiscreme gekauft? Leider ist das Eis geschmolzen.
Soll sie sagen, sie hat für Trudel eine Tüte

Apfelspaghetti gekauft, und Kucki hat die aufgefuttert?
Oder was soll sie sagen?
Trudel ist schon losgeschossen und hat Millie den Delphin aus den Armen gerissen. Sie drückt und küsst ihn wie verrückt.
»Federmaus«, sagt sie. »Tudelfedermaus.«
Jetzt wäre Millies Herz gebrochen, wenn sie ihre Schwester nicht so gut kennen würde. Sie weiß, dass Trudels Begeisterung für Millies Liebling bald nachlassen wird und Millie ihren Delphin dann zurückbekommt. Aber hundertpro. Da klingelt das Telefon, und wer ist dran? Ja, Jocko ist dran, der will nur sagen, dass er jetzt zu Hause ist. »Schön«, sagt Millie. »Ich auch.«

Tour de Franz

Am Sonntag geht es kurz vor zehn Uhr los zur Slalomstrecke, wo das Bobby-Car-Rennen starten wird.
Muss Trudel mit?
Ja, Papa will auf sie aufpassen.
Wölfchens Eltern bleiben mit Mama zu Hause. Und da Wölfchen erst in drei Wochen sechs Jahre alt wird, darf er beim Rennen nur Zuschauer sein. Es kann ihm also nichts passieren.
Millie hat ihren Fahrradhelm geputzt und die Hand- und Knieschoner eingepackt. Auch ihr kann also nichts passieren.
Mit dem Auto fahren sie zur Straße, die nah bei den Klippen im Wäldchen zum nächsten Ort hochführt. Die Straße ist mit einem rotweißen Gitter abgesperrt, und Papa parkt das Auto neben vielen anderen auf der Matschwiese.

Nur die Teilnehmer am Bobby-Car-Rennen dürfen hinter die Barriere. Und die Zuschauer natürlich.
Zuschauer sind wichtig. Sie müssen klatschen und johlen und winken.
Millie hat drei Zuschauer dabei. Die werden sie schon richtig anfeuern.
Sind sie jetzt vollzählig?
Kann es losgehen?
Ja, alle sind da.
Kucki mit ihrem rosafarbenen Rucksack.
»Poah«, sagt sie. »Mir ist immer noch schlecht von gestern. Ich hab zu viel gegessen.«
Hat sie etwa auch noch von den Pralinen genascht?
»Die ganze Schachtel«, sagt Kucki.
Kein Wunder.
Der Uhu ist schon fix und fertig gerüstet. Schwer vermummt. Er hat einen pechschwarzen Helm auf, der seine Beule gut verdeckt. Weil der Uhu enorm dicke Lederpolster an den Beinen und Armen trägt, könnte man denken, er wäre gerade einem Ufo entstiegen. Sieht ganz gut aus. Wenn

Millie ehrlich sein soll. Nur Trudel hat wohl Angst vor ihm. Sie klammert sich an Papas Bein.
»Papa«, sagt Millie. »Gib mir mal Geld. Der Uhu hat mir gestern was geliehen.«
Papa kramt in seiner Geldbörse.
»Das soll der Uhu sein?«, fragt er. »Den hätte ich ja gar nicht erkannt.«
Papa kennt den Uhu. Damals, als Millie in die Schule kam und noch Schiss vor ihm hatte, hat Papa ein Wörtchen mit ihm geredet. Das war gut. Aber der Uhu nervt immer noch.
»Na?«, sagt Papa. »Alles klar, mein Junge?«
Der Uhu grinst und nickt.
»Und passt du mir auch immer noch gut auf Millie auf?«, fragt Papa.
»Und wie«, sagt der Uhu.
»Dann ist ja gut«, meint Papa.
Nix ist gut. Der Uhu passt nämlich so sehr auf Millie auf, dass sie fast keinen Schritt ohne ihn machen kann.
Trudel hat sich an den wilden Anblick vom Uhu gewöhnt. Sie probiert aus, ob sie in die dicken Kniepolster piksen kann.
»Trudel, komm da weg«, sagt Millie.

»Ach«, sagt der Uhu. »Lass sie doch. Die Trudel, die mag mich.«
Mensch, der Uhu lässt auch keine Gelegenheit aus, um Millie zu beeindrucken. Aber so funktioniert das nicht. »Komm, Papa, anmelden.«
Die Eltern müssen beim Rennbüro unterschreiben, dass ihre Kinder an der Tour de Franz teilnehmen dürfen.
Und hier schauen sie auch nach, ob die Autos in Ordnung sind. Dass kein Motor eingebaut ist.
Die Rennleitung lost auch aus, wer gegen wen antreten wird. Es werden immer drei in einem Team fahren. Die Gewinner treten wieder gegeneinander an.
»Das nennt man K.-o.-System«, erklärt die Frau von der Rennleitung.
Ojemine.
Das Rennbüro gibt noch weitere Anweisungen: Immer schön auf der geteerten Asphaltstraße bleiben.
Keine Mitstreiter anrempeln.
Fair bleiben.
Hoffentlich können Millie und Kucki

zusammen in einem Team fahren. Dann werden sie gemütlich nebeneinander her zuckeln und brauchen sich kein Wettrennen zu liefern. Dann sind sie beide Gewinner, und niemand wäre k.o. Das wäre doch was!

Aber nein. Millie und der Uhu sind in eine Gruppe gekommen. Auch das noch.

Gus, Wulle und Jocko werden in ein Team gelost, und Kucki fährt mit Mario und einem Mädchen aus der dritten Klasse zusammen.

Gus ist nicht sehr glücklich, mit Jocko zusammen fahren zu müssen. »Ausgerechnet mit dem!«, sagt er. »Ausgerechnet mit dem!«

Und daneben gibt es noch viele andere Gruppen mit Kindern, die Millie gar nicht oder nur vom Sehen kennt.

Jockos Vater hat seinen Sohn hergebracht, musste aber gleich wieder fort. Er verkauft auch sonntags Häuser. Das ist vielleicht doof. Jocko hat keinen Zuschauer auf seiner Seite. Er ist mit seinem knallroten Auto ganz allein.

Jockos Auto hat auch einen Namen.

Was für einen?

Na?

Na?

Ferrari!
Jocko tut so, als würden sein Auto und er selber für ihn ausreichen. Keine Zuschauer?
»Das macht nichts«, sagt Jocko. »Ich sag meinem Vater immer Bescheid, wie's läuft.«
Klar. Mit seinem Handy.
Schon ruft er an: »Papa, ich bin in das Team Nummer zwei gekommen. Gus und Wulle sind die anderen Jungs. Aber keine Bange. Ich mach das schon. Millie ist auch da. Weißt du, die dir den Vogel gezeigt hat. Aber Mädchen gewinnen meistens nicht.«
Millie verdreht die Augen. Und muss Jocko das mit dem Vogel jetzt andauernd wiederholen?
Millie setzt ihren Helm auf. Er hat glänzende lila und goldene Streifen. Das passt zu ihrem Bobby-Car, dem geölten Blitz.
Millie guckt misstrauisch auf die Autos von Gus und Wulle. Sie haben sich einen Talisman auf den Lenker geklemmt. Gus' Glücksbringer ist ein Polizist und der von Wulle ein Krokodil.
Millie hat keinen Talisman,

nur ihre drei Zuschauer. Die müssen sich jetzt auf eine der vielen Bänke vor dem Bratwurststand und dem Eiswagen setzen. Und die Teilnehmer dürfen kurze Probefahrten machen, hundert Meter oder so.

Trudel wird unruhig, als Millie mit dem Bobby-Car abhaut, aber Papa kann sie noch beruhigen.

»Tudelbobbikah.«

»Ja, Trudel, aber Millie kommt gleich zurück«, sagt Papa und hält sie auf der Bratwurstbank gut fest.

Alles noch in Ordnung.

Oh, oh, Millies geölter Blitz ist heute leider nur eine Eiermaus und kein Formel-1-Rennwagen. Er kommt gar nicht in Schwung.

»Du musst dich später am Start tüchtig mit den Beinen abstoßen«, rät Papa. »Und die Kurven kannst du schneiden, du musst sie nicht voll nehmen. Probier mal, so geradeaus zu fahren, wie es nur geht. Und bleib nicht aufrecht sitzen, sondern leg dich flach hin. Fahr unter dem Wind durch. Verstanden?«

Verstanden.

Die ersten Teams werden mit einem Lastwagen zum Start gefahren. Der Lastwagen heißt heute Taxi und gehört dem Dachdecker. Der Dachdecker hat Bänke auf die Ladefläche gestellt. Man kann auf der Fahrt zum Start gemütlich sitzen.
Millie kommt erst später dran. Sie kann neben Wölfchen auf der Bratwurstbank sitzen und zuschauen. Sie wird sich noch ein paar Tricks abgucken.
Wölfchen ist heute nicht so gut drauf.
Weil er an der Tour de Franz nicht teilnehmen darf?
Nee. Er schüttelt den Kopf.
Was dann?
»Ich muss immer an diese Geschichte denken«, sagt er.
»Was für eine Geschichte?«
»An die von Hänsel und Gretel. Das ist die schlimmste Geschichte, die ich kenne.«
Millie meint, dass er auf der Suche nach ihrem schrecklichen Märchen gewesen ist.
Aber so ist das nicht.
Wie ist es dann, meine Güte?
»Das Schlimmste ist, wenn die Eltern ihr

Kind wegschicken, weil sie einen nicht mehr haben wollen«, sagt Wölfchen.
Ihm läuft die Nase, dass er heftig hochziehen muss.
Ach, jetzt weiß Millie, was los ist. Die Sache mit dem Montagskind! Wie kann sie das wieder gutmachen? Wölfchen glaubt wirklich, dass man Kinder wie ein Montagsauto zurückgeben kann.
»Nee«, sagt Millie. »Solche Sachen passieren doch nur im Märchen.«
»Echt?«
»Echt«, sagt Millie. »Und du kannst immer zu uns kommen. Wenn was passiert.«
»Echt?«
»Echt«, wiederholt Millie. »Aber es wird ja gar nichts passieren. Alles ist nur Pups. Da musst du immer dran denken.«
Wölfchen nickt. Mann, den müsste mal jemand auf den Schoß nehmen. Millie nicht. Sie ist ja wirklich nicht seine Mama.
Aber nun aufgepasst! Die ersten Bobby-Cars zischen los. Da brausen sie um die Ecke. Jetzt rasen sie an den Bratwurstbänken vorbei.

»Kucki! Kucki! Kucki!«, brüllt Millie. »Gib Gas! Hau rein! Mach Dampf!«
Kucki zieht ganz locker an Mario und der anderen Teilnehmerin vorbei. Das hätte Millie nicht gedacht. Kucki gewinnt ihr erstes Rennen und die anderen sind k. o. Mann, ist das spannend. Millie kommt ganz schön ins Schwitzen. Und auch Wölfchen wird abgelenkt. Er springt vor lauter Aufregung von der Bank und hüpft wie verrückt in die Luft. Er knallt dabei nicht mal auf die Schnute. Na, vielleicht wird ja doch noch was aus ihm!
Wer ist in der nächsten Gruppe?
Da kommt das Polizeiauto von Gus. Im Moment ist er noch Erster. Er guckt hinüber zu den Zuschauern. Er hebt seinen Daumen hoch.
Danach kann man die Krokodilkarre von Wulle erkennen. Wulle schaut auch hinüber zu Millie. Er traut sich aber nicht, den Lenker nur mit einer Hand zu steuern und Millie zu winken.
Und da fährt Jocko mit seinem rotweiß gestreiften Schutzhelm auf seinem Ferrari

vorbei. Vorbei an Wulle, vorbei an Gus und vorbei an den Bratwurstbänken.
Jocko gewinnt ganz locker. Und Gus wäre Zweiter geworden, wenn er nicht genau vor dem Ziel schon elegant eine scharfe Kurve zum Rennbüro genommen hätte und dabei voll auf die Nase gefallen wäre. Wulle hat ihn im letzten Moment noch überholt.
Wie sauer Gus jetzt ist!
Aber nun wird Millie aufgerufen. Auf zum Lastwagentaxi! Und Trudel heult: »Tudelbobbikah, Tudelbobbikah!«
Die macht ja noch die ganze Welt verrückt!
Die Leute gucken schon.

Papa macht ein schuldbewusstes Gesicht. Er steht auf und nimmt Trudel auf den Arm. Das nützt aber nichts. Er muss mit ihr spazieren gehen, damit Trudel Millie und den geölten Blitz nicht mehr sehen kann. Er wird ihr auch ein Eis kaufen müssen.
Millie hat also keine drei Zuschauer mehr. Schade. Wölfchen wird ihr nun ganz alleine zugucken.
»Drück mir die Daumen«, sagt Millie.
Wölfchen formt sofort seine Hände zu Fäusten. Na, ob das was nützt?
Dann läuft Millie neben dem Uhu her bis zum Taxi. Jocko kommt ihnen entgegen. Er trägt den Helm schon unter dem Arm und hebt die Hand hoch. Millie schlägt ein. Gut gemacht, Jocko. Es war höchste Zeit, dass es Gus mal jemand gegeben hat.
Beim Vorbeigehen wirft Jocko einen schnellen, aber unfreundlichen Blick auf den Uhu. Der Uhu schaut genauso böse zurück. Jungs!
Es ist Mist, dass Millie und der Uhu in derselben Gruppe fahren müssen. Er wird sicherlich gewinnen. Er ist viel älter als Millie,

viel größer und wohl auch viel gewiefter. Er wird es ihr schon zeigen!

Oben, beim Start, stehen sie in Reih und Glied. Millie und der Uhu sind als drittes Team dran. Mit einem Jungen, der einen giftgrünen Helm trägt und einen Totenkopf am Lenker hat.

Zwei Jungs gegen Millie. Da braucht sie eigentlich gar nicht mitzumachen. Da ist sie schon von vornherein k. o.

»Auf die Plätze! Fertig! Los!«

Millie macht alles so, wie Papa es ihr gesagt hat. Sie stößt sich ab, so tüchtig es geht. Dann kratzt sie mit ihrem geölten Blitz die Kurven. Siebzig Sachen! Kein Problem. Leider ist der grüne Helm mit dem Totenkopfauto immer vor ihr.

Was soll sie noch machen?

Flach hinlegen. Klar. Lass die Reifen rauchen, Millie! Lass sie rauchen!

Der Totenkopf verschwindet hinter ihr. Jetzt zischt sie an den Bratwurstbänken vorbei. Wölfchen ist aufgesprungen. Er reißt seine Arme hoch und hopst wie ein Fußball auf der Stelle.

»Millie! Millie!«

Vor ihr braust der Uhu. Das hat sie doch gewusst. Er wird sie k. o. schlagen.

Aber was ist das?

Millie sieht ganz genau, wie der Uhu jetzt abbremst. Er lässt beide Füße über den Boden schlurfen. Sein Rennwagen verlangsamt sich. Will er Millie gewinnen lassen? Was für ein blöder Hund er ist!

Millie überholt den Uhu. Kurz schaut sie zur Seite. Der Uhu nickt. Schön doof ist der!

Millie brettert jetzt vorneweg. Wird sie tatsächlich die Tour de Franz gewinnen?

Gib Gummi, Millie! Gib Gummi!

»Millie! Millie!«

Sieger

Millies Bobby-Car läuft wie geschmiert. Sie hat alle überholt. Den giftgrünen Helm mit dem Totenkopfauto. Den Uhu, der absichtlich Platz gemacht hat. Aber noch ist nicht aller Tage Abend. Millie hat erst die halbe Strecke hinter sich gebracht.
Da kommt wieder eine scharfe Kurve. Das ist die auf der geteerten Asphaltstraße.
Es geht aber auch geradeaus weiter. Auf dem Sandweg hinter den Brombeerbüschen.
Kurve schneiden ist erlaubt.
Ist es aber auch erlaubt, die Abkürzung über den Sandweg zu nehmen?
Millie hat keine Zeit zum Überlegen. Sie prescht einfach geradeaus. Das ist ganz leicht. Vielleicht hat es keiner gesehen. Die Bratwurstbänke stehen ja viel höher am Berg. Hoffentlich führt der Sandweg wieder zurück auf die asphaltierte Straße. Wenn

nicht, dann wäre es für Millie aus, ein für alle Mal.
Mann, was hat ihr geölter Blitz nun für einen Schwung. Der rattert über die Piste, als säße Schumi drin. Bloß nicht in die Hecke fahren. Brombeerbüsche haben Dornen.
Auweia.
Nö, es geht alles ganz leicht. Immer geradeaus. Und da führt der Weg ja auch schon zurück auf die geteerte Straße. Na, wer sagt's denn!
Zack. Ein bisschen fliegt Millie mit dem Auto in die Luft, an der Stelle, wo beide Straßen aufeinanderprallen. Aber nix passiert.
Dann noch das letzte Stück runter. Bis zum Rennbüro, wo die Sieger aufgerufen werden. Millie ist Erste geworden. Das ist klar. Hinter ihr segelt der Uhu ins Ziel. Und dann erst kommt der giftgrüne Helm angebraust.
Jetzt werden sie den Sieger des Teams verkünden. Das wird Millie sein.
»Leider müssen wir die kleine Millie disqualifizieren«, sagt die Frau von der Rennleitung.
Kleine Millie? Die redet ja schon so doof wie

gestern der Blödwurm von der Losbude.
Pah.
Und was hat sie gesagt? Millie versteht das nicht. Diskalliplizieren? Häh?
»Du bist k. o.«, sagt der Uhu. »Das tut mir leid.«
Was?
»Du bist draußen«, sagt der grüne Helm.
Millie ist draußen? Raus? Weg?
Und was ist mit dem Gewinn? Kein Gewinn?
Ach, eigentlich weiß Millie ganz genau, was passiert ist. Sie hat den falschen Weg genommen. Ja, aber sie hatte auch nicht genug Zeit zu überlegen, was sie tun sollte. Doch, sie hatte genug Zeit. Sie hat genau gewusst, was richtig und was falsch war. Manno, es hätte ja auch klappen können.
Und nun taucht Papa auf. Er ist mit Trudel den ganzen Weg vom Eis- und Bratwurststand bis runter zum Ziel gelaufen.
Trudel stürzt sich auf das Bobby-Car.
Und Papa fragt: »Wie steht's?«
»Ich bin diskalliplziert«, sagt Millie.
»Du bist … was?«
»Sie ist raus«, sagt der Uhu.

Papa guckt Millie fragend an.
»Ich habe die Kurve geschnitten«, sagt Millie.
»Ja, und?«
»Kurve schneiden ist verboten.«
Papa zieht ein ganz schuldbewusstes Gesicht.
»Ist das wahr?«, fragt er und sieht in die Runde.
Die vom Rennbüro erklären aber nichts.
Sie sagen, dass Millie Dritte geworden ist.
Sozusagen. Und das ist was Besonderes. Alle Dritten dürfen nämlich am Hoffnungslauf teilnehmen. Das ist eine Trostrunde. Und wer den Hoffnungslauf gewinnt, der wird auch Sieger.
Sozusagen.
Jetzt gibt es erst einmal eine Pause, damit man Gelegenheit hat, Bratwurst zu essen.
Bratwurst mit Senf.
Wieso weiß Wölfchen nicht, dass Senf von der Wurst runtertropfen kann und den Pulli versaut? Er versucht sogar im letzten Moment, den tropfenden Senf mit der Zunge aufzufangen. Aber nicht mal das schafft er.
Wölfchen ist wirklich ein … Nein, Millie wird das nicht sagen, nicht einmal denken.

Wölfchen ist doch so schrecklich empfindlich. Er glaubt, was man über ihn sagt. Wenn man sagt, dass er ein dummes Schaf ist. Das nur als Beispiel.

Zum Nachtisch gibt es bei der Tour de Franz auch Eiscreme. Papa muss für Millie, Trudel und Wölfchen bezahlen.

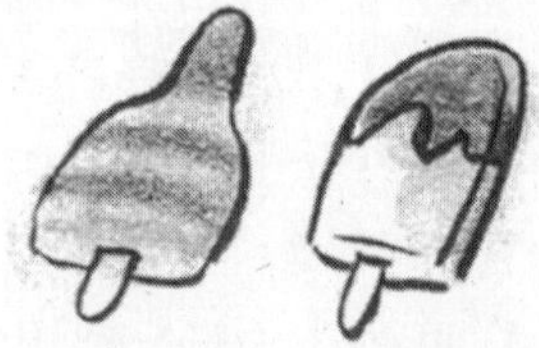

Und für sich natürlich.

Das alles zusammen ist eine Menge Geld.

Nach der Pause fahren alle Ersten wieder in Dreier-Gruppen gegeneinander. Und die Gewinner stehen erneut gemeinsam im Wettbewerb. Bis nur noch drei Teilnehmer übrig bleiben. Erster, zweiter, dritter Platz. Und wer sind die drei Hauptgewinner?

Es sind Kucki, Jocko und der Uhu.

Kucki!

Wieso Kucki? Sie ist doch nur in der ersten Klasse, und die beiden anderen sind bereits in der vierten.

Wieso, Papa, wieso?

Papa beugt sich zu Millies Ohr.

Ist es ein Geheimnis?

Ja.
»Kucki ist so weit gekommen, weil sie so dick ist«, flüstert Papa. »Sie bringt ein ordentliches Gewicht auf das Rennauto. Bestimmt wiegt sie genauso viel wie die größeren Jungs. Oder noch mehr. Da pest der Wagen wie ganz von allein den Berg runter.«
Ach so.
»Was ist?«, fragt Wölfchen.
Millie flüstert ihm ins Ohr: »Kucki ist zu dick. Deswegen gewinnt sie. Sie wiegt bestimmt hundert Kilo oder so.«
»Oh«, sagt Wölfchen.
»Aber es ist ein Geheimnis«, sagt Millie.
Kucki würde das bestimmt nicht gerne hören. Man sollte es ihr niemals sagen! Auch wenn es die Wahrheit ist.
Trudel will das Geheimnis aber gerne hören.
»Es war einmal ein Mann, der hatte sieben Kinder, und die Kinder sagten, Papa, erzähl uns mal eine Geschichte«, flüstert Millie.
Trudel guckt Millie erstaunt an.
»Weiter?«, fragt Millie.
»Jaha«, sagt Trudel.
Millie fährt fort: »Und der Vater erzählte

ihnen eine Geschichte. Die ging so: Es war einmal ein Mann, der hatte sieben Kinder, und die Kinder sagten, Papa, erzähl uns mal eine Geschichte.«

Ob Trudel das kapiert?

Trudel geht zu Papa: »Äzähn, Papa, Äzähn.«

Papa versteht nicht, was Trudel von ihm will, und Millie könnte sich darüber kaputtlachen.

Aber jetzt sind die drei Hauptgewinner dran.

Kucki, Jocko und der Uhu.

Kucki macht ein Pfefferkuchengesicht. Sie platzt schon jetzt fast vor Stolz.

Jocko und der Uhu sehen sie gar nicht an. In ihren Gesichtern steht geschrieben, was sie denken. Beide wollen gewinnen. Auf Biegen und Brechen! Sie sehen aber abwechselnd zu Millie hinunter. Sollen sie doch! Sie wüsste gar nicht, wem sie einen Sieg gönnen würde.

Jocko?

Dem Uhu?

Oder Jocko?

Oder doch dem Uhu?

Für wen soll Millie die Daumen drücken?

Für Kucki, das ist doch klar wie Kloßbrühe.

Aber wird Kucki auch gewinnen? Jocko und

der Uhu sind lange Lulatsche. Die müssen sich ganz schön flach strecken, wenn sie unter dem Wind durchfahren wollen. Kucki wird sich nicht langlegen können. Ihre Arme sind zu kurz. Aber sie wiegt eine Tonne. Kucki ist ein dicker Mops. Da wird ihr Bobby-Car Tempo, Tempo kriegen. Und da kommen sie schon angerauscht.

Wer ist vorne?

Sie liegen ziemlich nah beieinander. Für alle drei ist noch alles drin.

Wie die Räder rollen, wie sie schnurren, wie sie surren, wie sie über den Asphalt zischen!

Ziel! Ziel! Ziel!

Hat Millie richtig gesehen?

Ja!

Kucki hat gewonnen! Ganz große Klasse!

Millie ist so stolz auf ihre Freundin.

Ob Jocko oder der Uhu Zweiter geworden ist, überprüft die Rennleitung. Es geht um Zentimeter. Dann stellen sie fest: Der Uhu hat Jocko um eine winzige Länge geschlagen.

Aber bevor die Siegerehrung beginnt, wird's noch einmal sehr aufregend.

Der Hoffnungslauf!

Millie ist dabei. Sie könnte auch noch Sieger werden.
Und sie macht alles richtig. Sie stößt sich am Start tüchtig mit den Beinen ab. Sie schneidet die Kurven. Aber nur auf der Asphaltstraße! Sie bleibt nicht aufrecht sitzen, sondern legt sich flach hin. Sie fährt unter dem Wind durch. Außerdem ist ein großer, grüner Flugkäfer hinter ihr her, und Millie mit dem geölten Blitz muss flitzen und kratzt mit achtzig Sachen die Kurve. Aber locker.
Millie wiegt jedoch nicht hundert Kilo oder sogar eine Tonne.
Deshalb hat alles nichts genützt, und Millie wird nur Dritte im Hoffnungslauf. Mario ist vor ihr durchs Ziel gegangen, und Gus hat den Lauf gewonnen. Das ist blöd, aber nicht zu ändern.
»Schade«, sagt Wölfchen. »Bist du jetzt traurig?«
Erst mal gucken, was sie bekommen hätte, wenn sie Sieger geworden wäre.
Die Gewinner bekommen Filzmalstifte und ein gelbes Käppi und einen Chinadrachen und einen Siegerkranz. Auf das alles kann

1

Millie verzichten, weil sie zu Hause schon Sachen hat, die es mit den Gewinnen der Tour de Franz glatt aufnehmen können. Da gibt es nämlich schon Kreidemalstifte, ein rotes Käppi und einen Adlerdrachen. Der ist zwar schon ein wenig löcherig, aber Papa kann ihn bestimmt reparieren.
Und so ein Siegerkranz? Der ist aus grünem Gestrüpp geflochten und viel zu groß, um ihn sich auf den Kopf zu setzen oder später an die Wand zu hängen. Und wenn er welkt, fängt er bestimmt ordentlich an zu stinken wie ein alter Blumenstrauß.
Alle Zuschauer haben sich um die Gewinner geschart und klatschen, bis die Pfoten heiß geworden sind und wie Feuer brennen.
Kucki bekommt zuerst ihre Preise ausgehändigt. Sie kann sie kaum halten. Und dann wird ihr auch noch der Siegerkranz über den Kopf gestreift. Er hängt ihr über Brust und Bauch bis zu den Knien hinab. Das sieht ein bisschen doof aus. Dabei werden Fotos geschossen, die morgen in der Zeitung erscheinen. Kucki wird wie ein Klops mit Salat aussehen.

Nun kommt der Uhu dran. Er ist sehr stolz und hält die Preise hoch in die Luft, damit alle Leute sehen können, was er bekommen hat.
Dann ist Jocko an der Reihe. Wie froh er ist!
Jocko verpasst fast die Preisverleihung, weil er gerade mit seinem Papa telefoniert: »Papa, ich bin auch Sieger geworden!«
Gus ist ebenfalls glücklich. Ja, aber ist ihm eigentlich klar, dass er nur die Trostrunde gewonnen hat? So richtig zählt die ja nicht. Oder? Deswegen macht es Millie nichts aus, bei der Siegerehrung gar keine Rolle zu spielen. Am glücklichsten von allen Leuten ist jedoch Trudel, weil sie ihr Bobby-Car endlich zurückbekommen hat: »Tudelbobbikah, Tudelbobbikah«, juchzt sie.
Alle Leute müssen jetzt nach Hause gehen. Die Bratwurstleute schließen die Bude. Der Eisstand macht die Klappe zu.
Schluss? Aus?
Von wegen!
Der Uhu kommt schwer beladen mit seinen Gewinnen zu Millie hinüber. Er zieht sich den Siegerkranz über den Kopf. Er reicht ihn Millie. »Da«, sagt er. »Für dich.«

»Für mich?« Millie kann es nicht fassen.
»Ja«, sagt der Uhu. »Früher haben die Ritter den Siegerkranz auch ihren schönen Damen gegeben. Wenn sie den Kampf überlebt haben.«
Das hat Millie ja noch nie gehört.
Misstrauisch beäugt sie den Kranz. Die Blätter sehen aus wie Suppengrün für Hühnerbrühe.
»Nee, behalt mal«, sagt Millie. »Der ist mir viel zu groß. Der reicht ja sogar für ein Pferd.«
»Da kann man nichts machen«, sagt der Uhu enttäuscht.
Eben.
Aber Jocko denkt wohl, dass jetzt seine Stunde gekommen ist. Er will Millie die Malstifte schenken. Das hat er sich beim Uhu abgeguckt.
»Ich hab schon welche«, sagt Millie. »Brauch ich nicht.«
Da schenkt Jocko die Stifte Trudel. »Die Trudel, die mag mich«, sagt er. Auch das hat er sich beim Uhu abgeschaut. Trudel ist so blöd, so blöd, dass sie die Buntstifte

annimmt. Aber dann weiß sie nicht, wie sie mit den Dingern in der Hand ihr Rennauto steuern soll.
Papa muss die Stifte halten, und Trudel saust das letzte Stück der Straße runter, hat sich tüchtig mit den Beinen abgestoßen und schneidet die Kurven. Sie hat sich flach hingelegt und fährt unter dem Wind durch.
Trudel hat nicht kapiert, dass das Rennen schon zu Ende ist und die Sieger längst feststehen.
Wahrer, erster und bester Sieger ist Kucki geworden. Und das ist so toll wie selbst gewonnen.

Noch heute Nachmittag fahren Wölfchen und seine Eltern wieder ab. Seine Mama hat ihm stillschweigend einen sauberen Pulli übergezogen. Gut so. Wahrscheinlich hat sie gewusst, was Millie zu der Sache mit dem Kleckerpulli sagen würde. Das wollte Wölfchens Mama nicht noch mal hören.
Wölfchen bekommt von Millie zum Abschied ein Bild. Er hat sich ein Foto gewünscht, auf dem Millie alleine drauf zu sehen ist. Millie hat lange im Fotokasten gewühlt, denn meistens werden sie und Trudel gemeinsam geknipst. Mama und Papa wollen nämlich immer ihre beiden Kinder auf einem Foto draufhaben.
Aber es gibt ein Bild, auf dem niemand außer Millie ist. Das ist ihr Schulanfangsfoto. Es ist ein gemogelter Schulanfang, weil Mama das Foto erst einen Tag nach der Einschulung

geschossen hat. Millie trägt aber die gleichen Sachen. Die blaue Hose mit den drei Taschen und ein buntes T-Shirt. Weiße Söckchen und die schicken roten Sandalen. Auch Millies rot-orange-lila-pink-grün-gelber Ranzen ist zu sehen. Auf dem Foto tut Millie so, als würde sie ganz freudig und eilig zur Schule gehen. Das war noch vor der Sache mit dem Uhu.
Jetzt fährt Wölfchen ab. Sie winken alle hinterher. Millie wünscht sich, dass sie ihn bald mal wiedersehen kann. Und dass Wölfchen, wenn er im Sommer in die Schule kommt, einen kleinen, dicken Freund finden wird. Gerade wollen sie nach der Winkerei wieder ins Haus gehen, da kommt Wulle um die Ecke. Er balanciert einen Teller mit Kuchen auf den Händen.

»Für Millie«, sagt er. »Damit sie nicht so traurig ist, weil sie verloren hat. Sagt meine Mama.«
Seine Mama ist wirklich nett. Aber Wulle kann auch sehr nett sein, oh ja.
»Ich bin gar nicht traurig«, sagt Millie. »Und du?«

Wulle hat ja ebenfalls nicht gewonnen.
»Ich bin auch nicht traurig«, sagt er. »Ich verliere sowieso immer.«
Daran kann man sich doch nicht gewöhnen. Manchmal will man doch einfach Gewinner sein. Hat Wulle die Sache mit der Kristallvase schon vergessen?
»Aber du hast gestern erst gewonnen«, erinnert ihn Millie.
»Wo denn?«, fragt Wulle.
»Na, auf der Kirmes. Du hast die tolle Vase gewonnen!«
»Ach ja«, sagt Wulle. Sein Gesicht hellt sich aber nur ganz kurz auf. »Die Vase ist doch für meine Mama gewesen.«
»Deine Mama hat sie geschenkt bekommen. Aber gewonnen hast du.«
»Ja«, sagt Wulle zögernd. »Ja, stimmt.« Er ist leider etwas schwer von Kapee.
Millie begutachtet Wulles Kuchen. Es sind verschiedene Stücke.
Schneekuchen.
Krümeltorte.
Schokoladenschnitten.
»Tudelkuchnham«, sagt die Schwester. Sie

hat noch kein Benehmen. Man platzt nicht immer gleich mit dem raus, was einem so in den Kopf kommt.
Wulle geht mit ins Haus.
Sollen sie erst spielen oder erst Kuchen essen?
Erst beides zusammen. Und mit Krümeltorte lässt sich schön krümeln.
»Ich rüssel gleich alles weg, Mama.«
Schlurf, schlurf macht der Staubsauger.
Dann zeigt Millie Wulle eine neue Tüftelei.
Dazu braucht man nichts außer Papier und Bleistift.
Es ist das Spiel mit den drei Häusern, dem Wasserwerk, dem Gaswerk und dem E-Werk. E-Werk steht für E-lek-tri-zi-täts-werk. Alle drei Häuser sollen Leitungen gelegt bekommen. Die dürfen sich nicht überkreuzen. Man kann machen, was man will, es klappt nicht. Es macht einen ganz verrückt.
Wulle malt konzentriert die Leitungen auf das Papier. Seine Zunge hängt ein Stückchen aus dem Mund. Er wird sie vor lauter Konzentration noch abbeißen.
Da kommt von hinten durch den Garten Gus

angeschlichen. Gus hat sich zwei Käppis aufgesetzt. Eine grüne und die neue, gelbe Baseballkappe.

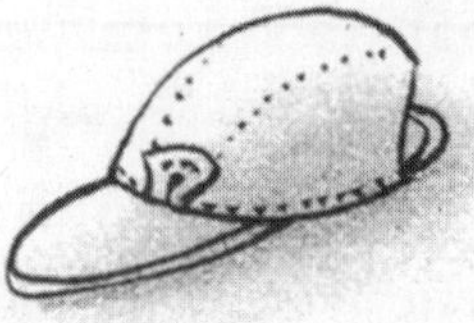

Gus ist heute gut gelaunt.
Es macht ihm gar nichts aus, dass er Wulle bei Millie erwischt. Heute ist er ein Gewinner.
Gus will Millie das gelbe Käppi schenken.
»Ich hab vierzehn Baseballkappen«, sagt er.
»Auch schon eine gelbe. Ich kann die hier gar nicht gebrauchen.«
»Ich auch nicht«, sagt Millie.
Sie weiß genau, dass Gus übertreibt. Er hat nie im Leben vierzehn Käppis, höchstens … eins, zwei, drei, vier, fünf, sechs, sieben, acht Baseballkappen. Die hängen nämlich bei Gus zu Hause im Treppenabgang zum Keller.
Und sie weiß auch, dass die Mama von Gus ihn mit dem Käppi hergeschickt hat. Damit Millie nicht so traurig ist.
»Tudelkäppiham«, sagt Trudel.
»Nee«, sagt Gus. »Das ist Millies Mütze.«
»Tudelkäppiham«, plärrt Trudel.
Ach du liebe Zeit, jetzt fängt die Heulerei wieder an.

»Trudel muss ins Bett, Mami!«
Mama weiß, was zu tun ist. Trudel muss nur ein Viertelstündchen schlafen. In Klamotten. Aber ohne Schuhe! Gus interessiert sich jetzt auch für Millies Tüftelei.
»Hast du noch ein Blatt für mich?«, fragt er. Am besten funktioniert das Spiel auf Rechenpapier. Wulle malt seine Leitungen schon zum hundertsten Mal. Er hat es noch immer nicht hinbekommen und ist deshalb schon halb verrückt.
Gus zeichnet zunächst sorgfältig das Wasserwerk, das E-Werk und das Gaswerk. Dann legt er die Leitungen zu den drei Häusern. Doch immer wieder wollen sich zwei davon überkreuzen. Das ist nicht erlaubt. Gus wird allmählich auch verrückt.
Millie probiert es gar nicht mehr weiter mit der Tüftelei. Sie weiß, dass es nie, nie klappen wird. Sie hat damit schon Mario und Bille verrückt gemacht. Nur Kucki nicht. Die hat die Ruhe weg.
Gus und Wulle tauschen jetzt ihre Tüfteleien mit dem Wasserwerk aus. Sie malen nun jeder auf dem Blatt des anderen herum.

Schließlich knallt Gus seinen Stift auf den Boden.

»Das macht einen ja noch ganz und gar verrückt«, ruft er. Ja!

»Komm, wir gehen«, sagt Gus und verlässt das Haus durch die Terrassentür.

Wulle folgt ihm auf den Fersen.

Na schön. Das hat Millie ja gewusst. Warum macht es ihr dann immer wieder was aus?

Gus hat die gelbe Kappe doch hier gelassen. Sie liegt einsam auf dem Fensterbrett. Kann Trudel haben.

Und was soll Millie machen, bis Trudel wieder aufwacht? Sie schlurft hinüber zu Papa und Mama.

Papa liest die vorderen Seiten der Sonntagszeitung und Mama die hinteren.

»Na, Schätzchen«, sagt Mama, ohne mit dem Lesen aufzuhören. »Hast du nichts zu tun?«

»Nö«, sagt Millie und drängt sich eng an Mama heran. Alle lesen. Soll sie sich auch ein Buch schnappen? Welches denn?

O ja, gute Gelegenheit.

»Mamilein?«

»Jaha?«

»Weißt du noch, welches Buch du mir mal vorgelesen hast, als ich ganz klein war?«
»Jaha«, sagt Mama.
Aber sie hört wohl gar nicht zu.
»So ein kleines, dünnes, grünes Buch?«
»Jaha«, sagt Mama.
»Mami!«
Mama fährt ordentlich zusammen.
»Was ist denn, Millie? Mensch, du kannst einen aber auch erschrecken.«
»Das kleine, dünne, grüne Buch, Mami!«
»Was für ein kleines, dünnes, grünes Buch, Millie?«
»Das, wo du hineingekritzelt hast.«
Mama weiß gar nicht, was Millie meint, und Papa sagt: »Mach nicht so einen Lärm, Millie.«
Millie mault.
Mama sagt: »Ich kritzel nicht in Bücher.«
»Doch«, sagt Millie und flüstert nun, aber sehr betont und mit Nachdruck. »Du hast mit einem dicken, fetten Bleistift reingekritzelt. Damit ich nicht in Ohnmacht falle! Mami!«
Na, Mama, klingelt es jetzt bei dir?
»O ja«, sagt Mama. »O ja. Was willst du damit?«

»Ich will das jetzt lesen«, sagt Millie.
»Das war aber eine ganz schreckliche Geschichte«, sagt Mama. »Die hättest du gar nicht ausgehalten.«
»Aber jetzt halte ich sie aus«, sagt Millie. »Ich habe auch *Bambi* ausgehalten.«
»Na gut«, sagt Mama. »Es muss da vorne irgendwo im Regal stehen. Es ist ein kleines, dünnes, weißes Buch.«
»Ein kleines, dünnes, grünes Buch«, sagt Millie.
»Nein, Millie, weiß, der Buchrücken ist weiß. Und da steht drauf: Schöne, kunterbunte Kinderwelt.«
Millie findet das Buch nun sofort. Es ist ein grünes Buch, Mama. Es hat aber einen weißen Buchrücken. Deswegen konnte Millie es nicht finden.
Mama und Papa sind schon wieder hinter den Zeitungsseiten verschwunden, und Millie öffnet das grüne Büchlein. Es ist die Geschichte vom kleinen Däumeling, seinen sieben Brüdern, dem Menschenfresser und dessen Töchtern, die allesamt Prinzessinnen mit Krönchen auf dem Kopf sind. Die

Krönchen haben sich die Brüder aufgesetzt, als die Prinzessinnen schlafen gingen.
Und da ist auch die Seite, auf der Mama tüchtig rumgekritzelt hat. Man kann aber noch lesen, was vorher dort stand. Wenn man lesen kann!
Als der Menschenfresser spätabends heimkam, brüllte er mit schrecklicher Stimme: »Es riecht nach frischem Menschenfleisch!«, und gierig schnuppernd tappte er durch das ganze Haus. Im Zimmer seiner Töchter kam er zuerst an das Bett der sieben Brüder vom kleinen Däumeling. Im Dunkeln tastete er nach den Köpfen, fühlte die Krönchen und wandte sich erschrocken zu dem anderen Bett. Mit einem einzigen Streich schnitt er allen sieben Mädchen den Kopf ab und legte sich dann befriedigt schlafen.
Millie kann die Geschichte gut aushalten.
Guck mal, Mama, nix passiert, Millie ist nicht in Ohnmacht gefallen. Obwohl es so eine grimmige Geschichte ist.
Jetzt ist Trudel aufgewacht. Sie ist noch ein bisschen knatschig. Deshalb setzt Millie ihr das gelbe Käppi auf die Birne.
»Soll ich dir was vorlesen, Trudelchen?«

Trudel nickt.
Millie wird ihr aus der schönen, kunterbunten Kinderwelt vorlesen, aus der Geschichte vom kleinen Däumeling, seinen sieben Brüdern, dem Menschenfresser …
Halt!
Trudel kann diese schreckliche Geschichte noch gar nicht aushalten. Sie wird in Ohnmacht fallen. Und was dann? Zum Glück ist da die Seite, auf der Mama rumgekritzelt hat. Millie kann nicht nur lesen, was vorher dort stand. Sie kann auch Mamas Schrift entziffern:
Als der Riese spätabends heimkam, brüllte er mit lauter Stimme: »Ich weiß genau, dass sich fremde Kinder eingeschlichen haben«, und dann tappte er durch das ganze Haus. Im Zimmer seiner Töchter kam er zuerst an das Bett der sieben Brüder vom kleinen Däumeling. Im Dunkeln tastete er nach den Köpfen, fühlte die Krönchen und wandte sich erstaunt zu dem anderen Bett. Eigentlich wollte der Riese die fremden Jungs aus dem Haus jagen, aber dann überkam ihn eine unendliche Müdigkeit, und er legte sich einfach schlafen.
»Gut, Trudel?«

»Jaha«, sagt die Schwester.
Trudel wird jetzt auch bald schlafen gehen.
Nach dem Viertelstündchen von eben wird sie noch Abendbrot bekommen, ein Brot mit Teewurst, und dann in die Badewanne steigen. Ab ins Bett. Aber ohne Klamotten, nur im Schlafanzug.
Millie darf heute etwas länger aufbleiben.
Morgen ist ja auch noch Feiertag.
Jetzt klingelt schon wieder das Telefon.
Papa geht ran. Dann ruft er Millie.
»Das ist dein Jockel.«

»Der heißt nicht Jockel, Papa, der heißt Jocko.«
Jocko wollte nur mal telefonieren.
»Wie geht's dir?«
»Mir geht's gut. Und wie geht's dir?«
»Auch gut.«
»Bist du allein, Jocko?«
»Ja, aber mein Papa kommt gleich. Er hat schon angerufen.«
»Kannst du nicht auch mal deine Mama anrufen?«
»Nee. Die ist doch weg.«
»Weg? Warum denn?«
»Wir sind zwei schlimme Jungs, mein Papa und ich. Wir sind nicht zum Aushalten.«
»Ach so«, sagt Millie.
Das ist auch keine lustige Geschichte.
»Dann mach's mal gut, Millie.«
»Du auch, Jocko.«
Als sie aufgelegt hat, will Millie doch schon schlafen gehen. Es ist so gemütlich im Bett. Ja, es ist warm und kuschelig. Sie kann Trudel schwer atmen hören. Und nebenan sitzen Mama und Papa und passen auf sie beide auf. Nichts kann passieren.

Millie hat so schöne Gedanken. Was für ein Tag das heute war! Mit Kucki. Mit den Jungs, Wölfchen und Gus und Wulle. Sogar Jocko hat noch angerufen. Der denkt jetzt Tag und Nacht an Millie. Das ist doch sehr nett von ihm, nicht wahr?
Nur mit dem Uhu hat sie heute Nachmittag nichts mehr zu tun gehabt. Millie muss auf einmal ganz doll an ihn denken. Komisch! Was hat er noch gesagt? Ach ja, er wäre ein Ritter und Millie seine schöne Dame. Dieser alte Spinner! Millie ist nicht seine Dame. Aber

dass er sie schön findet, geht Millie runter wie Sahne. Und übermorgen wird sie den Uhu in der Schule sehen. Nach Schulschluss wird er auf sie warten und gut auf sie aufpassen. Und wie!